輕世代
FW099
絢日 繪
浴火小熊貓 著
外星達令的戀愛課程
Extraterrestrial Lover
1
U0000234
三日月書版

蘇小白

身高：163 cm　體重：49 kg

在英國念大學的東方女孩。

個性内向笨拙，是個渴望交到朋友又害怕受傷害的善良孩子。

艾爾

身高：187 cm　體重：85 kg

全名艾爾弗蘭德・伯恩斯坦・賽德維金。
賽德維金帝國第二王子，賽德維金帝國軍隊戰時總指揮官。
外表非常悅目的青年，但是親切禮貌的微笑只是多年來的禮儀課訓練結果。
其實是個相當自我、有點任性的人。

外星達令的戀愛課程

Extraterrestrial Lover

第1章

艾爾弗蘭德1號

世間所有事情，在開始的時候都可以追溯到以地點和時間為座標形成的一個點。

地點：宇宙一端的銀河系邊緣，銀河系第三旋臂——獵戶旋臂上某顆恆星，距離此恆星 149,600,000 公里處一顆藍色行星，座標 55.8700° N, 4.2700° W。

時間：該行星時間系統 BST 12.09.201X 19:32:54。

夏日將盡。

斜陽從高高的樹木間照過來，彷彿指引她前進一般，投射在蘇小白面前的臺階上。她仰望著眼前的建築大口喘氣。

這裡就是租房廣告上的艾爾弗蘭德1號了。

雖然房租很便宜……但，真的要住在這種地方嗎？

這座三層高的獨立式建築看起來像是經歷過火災。黑色的煙燻痕跡從建築基部一直延伸到二樓，所有的窗戶都從外面釘上了木板。

與一、二樓的頹敗相反，三樓的外牆似乎重新翻修過，含石英成分的米色石料在夕陽下反射著點點晶瑩的光，玻璃窗也非常明亮簇新。

正是這種鮮明的對比，使這座建築看起來相當的……詭異。

蘇小白嘆了口氣，如果有選擇的話，她好想留在學校的宿舍，和圖書館咫尺相望。誰會想要爬十幾分鐘的山坡再穿過一片小樹林來到這個偏僻得像鬼屋的地方啊！

她皺起眉，盯著那扇黑色大木門。已經開學一週了還沒有找到住處，總不能繼續借住同學的寢室。看在錢的分上，看在錢的分上，去按門鈴吧小白！

「喂——」

蘇小白的思緒被猛然打斷，她頭頂傳來一個年輕的聲音，「妳是剛才打電話說要來看房子的女孩嗎？」

「啊？」

她抬起頭，有扇玻璃窗不知何時被打開，一個有著蓬鬆紅髮的腦袋從裡面伸出來，蜜色肌膚的臉上綻放友好的笑容。

「嗯，是我。」對於這樣的笑容，蘇小白的第一反應都是回應微笑。

「快上來吧！」紅毛腦袋的傢伙暗自得意一下，熱情的揮著手臂喊，「快上來！快上來！哦不，等等！我去幫妳開門！」

這下就跑不了啦！她一定會進來的！哈哈哈～最重要的一步終於要成功了！

「呃……」蘇小白又開始皺眉。對方這麼熱情，看來這裡果然是租不出去的鬼屋吧？

嘎吱——沉重的木門打開了。

穿著深藍色連帽衫的紅毛腦袋傢伙從門裡蹦出來，歡快的揮著手，「嗨——」

「嗨……」蘇小白努力咧著嘴微笑，卻被那個從五、六節臺階上飛身撲落的傢伙抱住了。

被抱……抱、抱、抱、抱住了！蘇小白愣了一下立刻推開那傢伙，並且皺起眉毛迅速後退。

「哦呵呵～」被推開的傢伙乾笑著抓抓腦袋上蓬鬆的紅毛。哦糟糕！熱情的程度完全不對！恰到好處的展現地球熱情實在很難掌握啊……趕快補救！

「那個……真是不好意思啊，幸好妳扶住我了！不然我一定摔成一灘黏液了啊哈哈哈～」

哎？摔倒了嗎？沒等蘇小白計算出跌落在別人身上剛好抱個滿懷的機率，她就收到了紅毛的下一波攻擊。

「還沒自我介紹呢真是沒有禮貌啊我就是房東圖書館布告欄的廣告是我貼的！我叫蘭尼住在這裡已經有一段日子了這真是個很好的房子啊離大學很近吧步行只要三十分鐘就到圖書館了呢！@$%&＊……

「話說這附近有個很不錯的披薩店啊如果妳搬過來我們就可以一起買二十吋超大披薩了呢真的很好吃啊！@$%&＊……

「對了！這裡離提款機也不遠只要向那邊走二十分鐘再轉彎直走十五分鐘就到了哈哈可是對於妳這麼嬌小的女生好像是遠了點不過沒關係我的床下面的鞋盒裡放了很多現金如果妳急用的話隨時去拿就好了不用跟我說只要放一張借條就行了！@$%&＊……

「啊妳是華人吧我們家的廚房很大可以讓妳發揮神乎其技的中華廚藝啊我們家的洗衣機是全新的唷不僅有洗衣機還有烘乾機@$%&＊……哎呀一口氣講了這麼多實在不好意思沒辦法我這人一緊張就這樣啊呵呵呵完蛋了妳一定連進來看一下都不想了。」

終於，像機關槍一樣噠噠噠噠不換氣說了十分鐘感嘆句的紅毛腦袋一垂，肩膀也垮下來，徹底的閉嘴了。

「我……」蘇小白輕輕呼了口氣，說出自己的來意，「我叫蘇小白。可以看看你要出租的房間嗎？」

毛蓬蓬的紅腦袋猛然抬起來，驚訝道：「嗯？什麼？」

「可以帶我看看你要出租的房間嗎？」蘇小白微笑著重複。

「哦哦哦～當然可以！樂意之至！」紅毛原地滿血復活！

眼看這傢伙又要撲過來擁抱，蘇小白閃躲一下，無奈又尷尬的笑，她伸出自己的手，和紅毛握了握。

啊——這表示目前接受的程度是握手而已啊！果然是個聰明的生物。可惜身高有點矮啊。唉，不過這麼久只有她成功的找到這裡，不能太挑剔……

蘇小白不知道此時回握著她的手微笑的傢伙心裡在想什麼，所以，她繼續友好的對這個有可能成為她房東的人微笑。

不過，這位房東……到底是男是女啊？無論身材長相，還是聲音穿著，包括「蘭尼」這名字都十分中性。眼前這人，可以是個十分俊秀的美男子，也可能是個有點男孩子氣且毛髮略濃的年輕女孩。

蘇小白跟在喋喋不休的蘭尼身後走上臺階。

推開黑色大門，蘭尼忽然轉過身開口，「小白妳是想問我什麼問題嗎？」

「嗯？」這個……直接問是男是女的話，絕對會得罪人家。這人有可能是她未來的房東和室友呢……

苦惱的蘇小白目光從蘭尼毛茸茸的紅腦袋往下，掃過下巴、頸項，在胸部停了一會兒然後迅速向下——

「啊哈哈哈，人家、人家是女生啦——」蘭尼彷彿忽然明白了，倚在門框上雙手合十放在臉側做出一副很嬌羞的樣子。

呃，這個樣子還真是沒有說服力啊……

「……雖然是超過百年的建築，但很結實，我最近還重新翻修了地板呢！我們住在最高一層，風景很棒哦！」蘭尼帶著小白爬上頂樓。

其實，不用蘭尼特意強調小白也看出來了，這座看起來像老城堡的建築，從外面看其貌不揚，可內部被細心的維護著，木質的樓梯扶手纖塵不染。

蘭尼拿出鑰匙，繼續說道：「我們這一幢樓只有我們一家，哈哈哈哈~」其實這附近三十分鐘能走到的地方也只有我們一家啊寶貝哈哈哈哈。

打開大門，蘭尼對小白做了個「請進」的手勢。

小白一進去就愣了，「咦?妳家是兩層樓啊？」

「呵呵呵呵是啊是啊~」蘭尼有點得意，帶著小白參觀起來。「樓下是廚房、客廳、公共浴室，還有一間房間放了超棒的電漿電視和各種遊戲機！」

蘭尼是個愛說真話的好孩子，遊戲室裡不僅放著超大的電漿電視、藍光播放機、高級音響設備，還有最新的高規格筆記型電腦兩臺、散落在各處的各代PSP若干、擺滿整整一面牆的遊戲光碟，牆角隨意丟著Xbox和wii。這完全是一個阿宅的標準配備，不過，另一面牆的玻璃展示櫃裡就……

為什麼全是美少女的模型啊？還有，茶几上放著的那幾張遊戲光碟為什麼都是美少女戀愛遊戲啊？

彷彿感受到小白疑惑的目光，蘭尼的臉開始發紅。她打開玻璃櫃，小心翼翼的捧出一個身穿銀色鎧甲的金髮綠眼美少女，顫巍巍的舉到小白面前害羞的說，「這個……很可愛吧？」

小白抬頭看看蘭尼。她的目光清澈，滿溢著不可自拔的喜愛，通俗來說就是所謂的「萌」意。

「我收集了好久呢！如果小白搬來的話可以借給妳玩一下下啦～」蘭尼說完又舉輕若重的把美少女放回玻璃櫃。

接下來蘭尼帶小白參觀了有全新廚具設備的超大廚房，以及面積驚人的豪華浴室。所有的一切都幾乎是全新的，閃著柔和矜貴的光。

蘭尼緊張的觀察著小白的表情，看到她的臉部肌肉放鬆，嘴角微微翹著，她知道，自己辛苦的工作就快有階段性的成果了。

終於，她指了指樓梯，對小白說，「妳的房間就在樓上唷。」

英國有許多屋主為了擴大住宅面積，把尖尖的屋頂閣樓改建成一個小房間，而蘭尼也是這麼做的。

踩著厚厚的米色地毯走上去，蘭尼再次做出請進的手勢。這次，她讓小白推開門。

小白看到這房間的第一反應是翻書包。她拿出蘭尼貼在圖書館的租房廣告問道：「一個月一百英鎊？」

「沒錯，還包水電瓦斯網路提供早晚餐！」蘭尼猛點頭。

這房間所有的傢俱都是新的，雪白的床單、蕾絲紗簾、淺粉色絲綢壁紙。梳妝臺上細長的水晶花瓶中，插著一枝含苞粉紅玫瑰。這房間散發著淡淡的薰衣草香味，美得可以直接刊登在時尚生活雜誌上。

「哦哦，這裡是妳的浴室。」彷彿要徹底把她征服，蘭尼打開一扇門，有點靦腆的笑著，「全是我自己安裝的！」

包水電瓦斯網路和早晚餐，還有自己的浴室！一個月只要一百英鎊！

這簡直好得不像真的。

簡直好得不像真的！小白傻眼了。

參觀完畢之後，蘭尼和小白回到樓下的客廳聊了會兒天。

兩人一起坐在沙發上喝著蘭尼拿來的鮮榨橙汁，小白漸漸覺得這個看起來有點怪的紅髮女孩人真的很好。

她們談話的內容主要圍著小白轉，她多大了、大學主修什麼，偶爾蘭尼也會插嘴介紹一下自己的生活。她是個標準阿宅，愛好是裝修房子、烹飪、做家務。

以及日本ＡＣＧ。小白在心裡替她補充，看那一整面牆的美少女模型就明白了。

「不過……」小白說出自己的疑惑，「為什麼妳收集的全是美少女呢？」

「啊呵呵呵～」蘭尼有點害羞的垂下腦袋回答，「大概，大概是因為我永遠也變不成那個樣子吧。」

小白抿緊嘴唇。可憐的蘭尼，其實妳很不錯啊，美國歌手泰勒絲不也是一百七十八公分高嗎？

告別時小白還是忍不住又問了一次，「真的只要一百英鎊？同樣條件的房子至少要三百英鎊呢。為什麼那麼便宜啊？」

蘭尼垂下腦袋，對著手指嗯嗯了一會兒，小聲說，「因為很想有人來同住。我已經自己住了很久了。」

小白覺得自己占了人家便宜。蘭尼大概是因為性格有點古怪，所以缺少朋友吧。除了話多和過於男性化的打扮舉止，她身上還有一種說不清楚的格格不入感。

「所以……妳覺得怎麼樣？妳會來住嗎？」

對著她亮晶晶的眼睛，小白笑了，「當然會。我明天搬來可以嗎？」

「啊？」像是不相信，蘭尼呆住，然後發出歡樂的一連串「哇哇哇哇哇～」又一把抱住了小白。

這次小白沒推開她。

「這是鑰匙！」蘭尼從口袋裡拿出一串鑰匙塞給小白。「妳明天什麼時候搬來？需要我幫忙嗎？妳現在是住在學校宿舍吧？我隨時都可以去——」

「謝謝，但是不用。我的東西不多，大概只有這麼大的一個行李箱。」小白伸出雙臂比劃了一下行李箱的大小。「明天我大概會這個時候來吧，妳不用來幫我了。下午我要去實驗室看我養的細菌，所以不能確定什麼時候能完成實驗。總之，實驗結束就來了。」

「哦哦哦——那明天晚飯我們去買披薩吧！二十吋的超大披薩！我一直想要試試看！」

「嗯，好。」

蘭尼把小白送出樹林。

走下那個幾百個臺階的大坡，小白回頭，看到蘭尼在坡頂對她揮著手臂。

又走了一陣子，她再次回過頭，蘭尼還是站在那裡。

這時最後一絲陽光已經消失，暮色初起，蘭尼的身影變成了淺紫色夜幕下的一片黑影。這樣的景象實在令人有點感動。

遇到好人了。雖然有點怪，可是很可愛。

佇立在坡頂的蘭尼，看著小白的身影漸漸走遠，便從口袋裡掏出手機，滴滴答答的按了一會兒，對著螢幕上古怪的文字發出一陣「嗚哈哈哈哈哈」的狂笑，「真是完美的數據！命運終於來敲門了！」繼續自言自語，「目前簡直看不出有缺點嘛～啊，一定要找出缺點的話，大概是某些方面的判斷力可能不足吧，我裝可憐她馬上就喜歡上我了。不過這對於我們來說是難得的優點吶！」

蘭尼把手機拿到耳邊說道，「喂，盧斯，通知軍事指揮部吧，讓那個討厭的『笨蛋』從卡寧星系前線撤退，馬上來地球！」

電話另一端的人沉默了幾秒，然後出聲問道，「你在說什麼？找到了？」

「嗚哈哈哈哈～當然了！我現在傳輸影像給你！」蘭尼得意極了，「怎麼樣？很可愛對不對？其他方面的資料也都很優秀哦！」

「……」

「喂！這個長達三秒的沉默是什麼意思？」

「你的審美觀有了很大的轉變啊，和上次你選中的那個比起來，這次這個簡直就像還沒發育完成的少女。而且上次那個也不怎麼樣啊，不是被笨蛋說『有食腐動物的眼神』嗎？」

「你懂什麼！」被提起舊傷，蘭尼惱羞成怒，「這次這個他一定會喜歡的！還有，我告訴你，她通過艾爾弗蘭德1號方向測試的時間比你還短一分二十三秒呢！」

「唔，那還真是挺厲害的，希望智力上的優勢可以彌補外貌的不足。說不定這次真的可以成功呢。」

「當然會成功！而且長得嬌小點怎麼算是外貌上的不足？還有，你知道她主修什麼嗎？分子生物學！就是研究生命本質的科學！這簡直就是命運的安排！」

「好好好，命運的安排，祝福我們早日離開這個熱烘烘的星球吧。軍事指揮部已經得到通知了。」

「哈哈哈哈～哦對了，你趕快更新我的生物資料，我現在的性別設定是女性！」

「……」

「喂？」

「（嗶——）！」

「好好的罵髒話幹什麼啊……」

第2章

外星特遣隊的神祕行動

晚上十一點三十分，麗翁回來了，她一邊卸妝一邊對正在收拾行李的蘇小白拋媚眼。「親愛的蘇，妳找到房子了？啊，妳的有機化學作業可以借我看嗎？」

「已經寄到妳的電子信箱裡了，我寫了兩篇觀點完全相反的，妳挑一份吧！老頭肯定看不出是同一個人寫的。」小白繼續把為數不多的衣物丟進行李箱。

「哦哦妳真是太可愛了！霍斯老頭太變態了，剛開學就出那麼難的作業！三千字！還只給三天時間！」麗翁明白這等於小白已經幫她做好了，她稍微有點不好意思問道，「妳需要我幫什麼忙嗎？」

「我很快就收拾好了。這些天真是謝謝妳了。」小白說著拉上行李箱的拉鍊。她的東西真的不多。

「對了，妳要搬到什麼地方呢？」

「學校後面小山頂上那座房子。就是這裡。」她說著把蘭尼的出租廣告紙條從書包裡拿出來。

麗翁接過紙條看了看，驚訝道，「咦？這個地方從很多年前就開始徵房客了，我是聽已經畢業幾年的表姐說的。這房子的地址在地圖上找不到，不是艾爾弗蘭德街，不是艾爾弗蘭德丘，只是『艾爾弗蘭德1號』，房東畫的地圖又像《星際迷航》裡的圖示，根本看不懂。」

麗翁壓低聲音，用神祕兮兮的聲調繼續說，「出於好奇，她和一個同學一起，兩人找了一下午終於走進一片樹林，已經可以看到房子了，不過她們在樹林裡繞來繞去就是走不出去，急得都要打電話報警了，這時樹林裡的風景突然變了，然後她們很快就走到房子門口，可是按了門鈴之後，房東居然只站在門後從貓眼裡看著她們，根本沒有開門……」

「然後呢？」聽見麗翁故作神祕的停在這兒，小白知道自己必須適時的表現出八卦熱情才行。

「然後啊……她們被隔著門觀察了將近十分鐘，被告知房子不租給她們任何一個。」

「就這樣嗎？」

「還有更玄的呢，後來她聽其他看房子的人說，他們按照地圖指示，繞來繞去卻根本沒找到那地方。」

大概是因為他們方向感不好吧……蘭尼畫的地圖雖然只有幾筆線條，但卻簡明易懂，座標和比例很精確，找不到房子的人應該重新學地理。

小白一邊想著一邊把租房廣告細心壓平，收進一個淡藍色的資料夾。不過，那房子位置偏僻倒也是真的，附近沒有公車，住在那裡的話，每天都要上下幾百級臺階，所以才會那麼久都沒租出去吧。

隨口與麗翁說了幾句她今天的經歷，小白打開筆記型電腦，發臨睡前的例行留言給母親。

媽媽，我搬家了，新的地址是XXX。

房東是個比我大幾歲的女孩子，人很好。

小白。

第二天早上七點半整，小白收到蘭尼的早安短信，她微笑著回覆「晚點見」。

蘭尼其實是個很體貼的女孩啊。整整一天小白的心情都很好。

與此同時，艾爾弗蘭德1號的房東和他——哦，應該說「她」——的伙伴們在進行著一連串軍事行動。

——「客房監控系統最後檢查確認？」

——「確認！」

——「磁場穩定系統最後檢查確認？」

——「確認！」

——「氦氧含量比例調整系統最後檢查確認？」

——「確認！」

——「生物分子傳送系統最後檢查確認？」
——「確認！」
——「備用食物存儲最後檢查確認？」
——「確認！」
——「應急藥品急救器械最後檢查確認？」
——「確認！」

……

漫長的一項項檢查以及確認之後，所有人都吁了口氣。

「蘭尼，拿點飲料來吧。」一個棕色頭髮的年輕男人說。

「都到我的房間裡去！不許到處亂走！」

蘭尼提了幾瓶啤酒要把這幾個人趕進自己的房間，可是沒人聽他指揮，這些傢伙從他手裡拿走啤酒之後走進他的遊戲室，有的躺在沙發上，有的直接大剌剌的坐在地板上，有的一手拿著啤酒一手開始玩他的PSP，還有的……

「喂——拿開你的爪子！」蘭尼一掌拍開那個試圖打開玻璃展示櫃的傢伙。「這些可都是很寶貴的收藏品！」

棕髮男帶著惡意幫腔，「寶貴的收藏品啊？難道說艾爾弗蘭德計畫的經費都被你挪用來買二次元美少女的模型了嗎？」

「混蛋索拉！」蘭尼臉紅了，他急忙辯解，「不要胡說，這些可是我用自己的錢買的。」

「我以為收藏洋娃娃是地球小女生的愛好呢。作為一個軍人你竟然有這種嗜好，真的沒關係嗎？」被打了一巴掌的男人也開始調侃蘭尼了。

「才不是洋娃娃！你們這些對地球文化沒有概念也沒有求知欲的笨蛋！這些是……」蘭尼氣得臉紅脖子粗。任、何、人、都不許輕視二次元文化！

坐在地板上一直不吭聲的男子打斷處於發飆邊緣的蘭尼，他舉起茶几上的一張光碟問道，「比起搜集洋娃娃這種奇怪的個人愛好，蘭尼，這些是什麼？請不要告訴我這些是你為那『笨蛋』準備的學習資料。」

蘭尼接過光碟，臉上流露自豪的光彩。「這些啊！沒錯！這些就是我經過多番研究，最終選定的最佳學習資料。」

他興致勃勃的把光碟放進電腦裡，指著電腦螢幕，「看到了嗎，無知的混蛋們，這是個教導地球男性如何追求女性的教程！如果順利完成教程，就可以進階學習和地球女性交・配・了！」

一陣沉默之後。

「哇……」、「真的耶！」、「蘭尼你總算做對一件事了。」

「哼哼哼～無知的傢伙們，來到陌生星球最重要的事就是要瞭解那個星球的文化，所以我才能比你們這些混蛋更快融入地球生活。」

「我覺得我們就快要可以回家啦！即使是那沒女人緣的『笨蛋』把這些都學習了之後也應該成功了！」

沒錯，蘭尼調出的圖片就是遊戲截圖，他所謂的「追求各種女性的教程」其實就是十八禁情色電玩。

這群男人完全沒有想到這種遊戲的玩家是什麼樣的人，他們開始興致勃勃的討論並且已經有人開始使用「教程」了。

「蘭尼！這個可以借我嗎？」

「這比交配教學影片有趣多了！」

「蘭尼，我現在該怎麼辦啊？跟她說謝謝還是選傲慢的走開啊？」

「住手啊我跟你說你這樣是不行的！你看到沒？好感度馬上降低了！」

坐在地板上的男子並沒參與，他在嘈雜聲中靜靜的思索了一會兒，忽然舉起右臂，房間立刻安靜，空氣中波動的雄性激素也迅速恢復正常。

「盧斯？怎麼了？」很少看到他這麼嚴肅，蘭尼不由緊張起來。

「你的教學資料……不是實物啊，會不會害那『笨蛋』誤解呢？」

蘭尼雙手一攤，「真人教學教材我也準備了一些，但是沒有互動性或是情景模擬。」他說著從木架上取了幾盒光碟片，一一解說，「這個是經典的《傲慢與偏見》影集，儘管時代較早，但是某些這個星球上一直尊崇的男女社交、婚配的潛在規則依我看是沒有變的。而且，其中有四次不同場合下的求愛場景，兩次失敗兩次成功，希望我們的『笨蛋』可以從中領悟些道理。」

劇集被靜靜傳閱，蘭尼的四位伙伴不約而同的點點頭，示意他繼續展示。

「這幾部呢，《嗜血真愛》、《吸血鬼日記》、《暮光之城》，主題都是不同種類的人形生物追求地球女性的故事。如果我們的計畫順利，也許可以讓『笨蛋』和目標對象一起看電影約會什麼的。」

蘭尼舉起另一部影集繼續說道，「這部的背景是現代。我們的『笨蛋』必須知道這星球的人類和我們不同。婚約對他們而言約束性極為有限。女性可以同時擁有數位親密的男性，男性亦然。尤其是在最適合繁殖的年齡。且伴侶不拘於異性。」

所有人都肅然點頭。這真是個在某些方面道德水準特別低的星球。

「此外，我還準備了很多地球人幻想和不同物種結合的書籍和錄影，在『笨蛋』到達之前，把這個概念潛移默化傳達給我們的目標對象。」

蘭尼又從電腦中調出了一堆檔案。「還有，這是我查到的，我們的目標最近看過的書籍、瀏覽過的網站，我打算讓『笨蛋』瞭解她的興趣。」

眾人不禁讚嘆。

「蘭尼你真是太棒了。」、「我們有望回家了！」、「想得太周到了！」

蘭尼微微一笑，看著仍在靜靜思考的盧斯，似乎在問他還有什麼疑問。

盧斯嘆口氣，「準備工作是很周到，但是──如果『笨蛋』這次還是不喜歡我們選的對象怎麼辦？」

「我早就想過這個問題了，真的這樣我們也沒辦法，只能繼續挑選，」蘭尼無奈的嘆口氣，「不過我想，我們同樣可以試著潛移默化他。」

索拉轉過頭看了看蘭尼的收藏品，「我明白了，好主意！」

「沒錯，天天看到類似的形象，在學習過程中進行的類比對象和實體也有一定程度的相似，他會喜歡的！」

「那麼現在把教學材料傳送給『笨蛋』吧，從卡寧星系來地球需要大約多久？我希望他在旅途中能夠完成學習。」

「大約四十五個地球日左右。」

盧斯從懷中取出一個比他手掌略大的平板電腦按下選項。「發送。」

幾秒鐘後，螢幕上出現一行他們才看得懂的文字。

「看來他收到了。」盧斯站起身走到蘭尼面前，說，「蘭尼，我會向總部彙報，建議給你升職。」

一直得意洋洋的蘭尼聽到這話反而有點不好意思，他行了個標準的軍禮，聲音因為激動而有些哽咽，「為了我族的未來！」

「為了我族的未來！」幾位戰士一起站起來高呼。

沉默了片刻，索拉咳了一聲，拉回正題。「盧斯、蘭尼，現在是不列顛夏季時間 1500，我們大約還有三個小時的時間，還有什麼是需要準備的？」

盧斯思索一下，說，「所有系統都查核完畢了。我看，我們也學習一下這種具有互動性的模擬教程吧！

也許可以給王子殿下一些幫助。」

這個提議得到了一致的贊同。

「另外，我建議大家從現在開始不要再叫王子殿下是『笨蛋』，在他趕來的這段時間習慣一下。好了，蘭尼，你先講解一下你的研究：索拉、博瑞、菲烈，取出你們的個人電腦，十五分鐘後開始單獨模擬戰鬥。」

「是！」

於是戰士們開始認真聽取蘭尼對於成人向戀愛遊戲的見解，並以極大的熱情投入於學習中。

玩了近三個小時的戀愛遊戲之後，盧斯看了看蘭尼後，說，「我總覺得好像有什麼重要的事情沒完成。」

蘭尼聞言，仰起毛蓬蓬的紅腦袋眨了眨眼思考著。

「啊。我想到是什麼了。」

十五分鐘以後，全身赤裸的蘭尼從他的房間跑了出來。「喂——盧斯！你是怎麼修改生物資料的啊？」

全員注目。

「哈哈哈哈～」

在一片幸災樂禍的爆笑中，蘭尼沮喪的用雙手托住他胸前硬邦邦、明顯與地球女性特徵不太一樣的兩個半球體。

不列顛夏季時間1925，神聖賽德維金帝國二級準將、艾爾弗蘭德特遣隊副隊長蘭尼・勃列特從艾爾弗蘭德1號出發，去迎接艾爾弗蘭德計畫中目前最重要的人物——蘇小白。

與此同時，計畫中的另一位重要人物正在穿越蟲洞完成第二次空間跳躍，目標——銀河系邊緣的太陽系，第三行星，地面座標 55.8700°N, 4.2700°W。

第3章

誤上賊船

小白拉著行李箱從實驗室走出來，正要傳簡訊給蘭尼就聽到她的聲音了。

「小白！」蘭尼從實驗室門外大樹的陰影下跳出來，歡快的揮著手。

「不是說我自己去就可以嗎？蘭尼妳真是……」想了想，小白選了麗翁昨晚用的詞彙，「太可愛了。」

蘭尼抓抓亂蓬蓬的紅髮，似乎是有點害羞的笑了兩聲，不容拒絕的拖起小白的行李箱準備要回家。「這樣妳就可以快一點搬進來，然後我們就可以去買披薩了！」

小白再次感嘆，自己真是遇到好人了。

她們一路閒聊著，花了半個多小時才走到小山的臺階下。

小白覺得，今天蘭尼好像和昨天哪裡不太一樣了。下巴比較尖了嗎？還是臉上的毛髮比較少了？還是……她的胸部？蘭尼到底穿什麼樣的胸罩啊，為什麼會出現這種奇怪的胸型？等和她更熟一點之後帶她一起去購物吧。

這時，蘭尼把約三十公斤重的行李箱隨意提起、舉高、扛在肩上，一邊爬坡一邊繼續滔滔不絕的商量要買什麼口味的披薩，小白呆滯了幾秒鐘才趕快跟上。

披薩店的老闆看到蘭尼，熱情的向「她」打招呼。

「嗨，小夥子，你又來了！這次還帶了個很可愛的朋友一起啊！還是要兩份十五吋的Pepperoni嗎？」

小白有點尷尬，蘭尼直接寬麵條淚了，「老闆，這次要兩個二十吋的Pepperoni。還有，我是女的！」

小白堅持付了帳，和蘭尼帶著兩份披薩還有老闆作為歉意額外贈送的一盒雞翅回家了。

吃完披薩，小白和蘭尼簽了正式的租賃合約。

又和蘭尼閒聊了一會兒，小白回房間整理行李，走上樓梯時候她才突然發現樓梯下方有一個門。「蘭尼，這下面是貯藏室嗎？」

「哦。這裡啊，不是的，」蘭尼抓抓頭，想著如何解釋，「是個很小的房間，不久之後我的一個表弟大概會來借住一段日子。」

「嗯？」

「妳不同意嗎？」蘭尼惴惴不安。

「不……不會。」小白沒再說什麼。住在樓梯下面的表弟？哈利波特？

蘭尼走進遊戲室隔壁的房間，手掌按在床頭的牆壁上，「滴——」的一聲，牆壁瞬間改變，呈現出光纖玻璃的質感。這是一臺功能強大的電子監控器，樓上那位新房客的一舉一動都被密切的監視著。她的體溫、心跳、呼吸頻率、精神狀態、各種荷爾蒙指數，一切都被精確的記錄並傳輸到艾爾弗蘭德特遣隊的總部進行深度分析。

晚上十一點十五分，小白走進浴室。

蘭尼按了下螢幕，小聲命令，「開始收集生物樣本。」

晚上十一點三十分，小白就寢。她的心跳和呼吸在十五分鐘後開始變緩，漸漸進入深度睡眠狀態，而蘭尼還在忙碌著。

搬進艾爾弗蘭德1號，小白發現自己真的非常非常的幸運。

蘭尼總會在她起床之前做好早餐。培根、蛋捲、果汁、各式麵包果醬。有一天還做了中式的粥和肉包子。

小白很慚愧。她平時的早餐是在吐司上打一顆蛋後放在微波爐裡轉一分鐘。受之有愧可是又不能拒絕，因為第一天早上她說了「以後不用了」之後，蘭尼的紅毛腦袋立刻垂下來，一副「妳一定是在嫌棄我」的樣子。

為了回報蘭尼的愛心，小白在週六早上試著做早餐。不過，和與她同齡的大多數孩子一樣，離開家上大學之前他們對食物的概念只有在超市裡擺著的原料和端上餐桌的成品，至於這之間發生過什麼物理作用和化學反應一概不知。

蘭尼好奇的看著穿上圍裙的小白，一臉期待。

片刻之後，蘭尼驚恐的看著放在他面前的焦黑煎蛋。

最可怕的還不是這個，當他看到小白嚼著她自己那份煎蛋、口中發出牙齒壓碎活性炭的脆響、居然還面帶幸福微笑的時候，蘭尼脖子後面的寒毛豎起來了。

「妳怎麼不吃？」小白指指蘭尼的盤子，語氣竟然帶點小小的得意，「沒想到我第一次做的煎蛋還滿成功的。」

一定，有什麼，嚴重的錯了。

當天晚上，小白和蘭尼坐在遊戲室的電腦前，互相在Facebook上加了對方好友。

蘭尼的好友目前只有五位，小白，還有四個分別名叫盧斯、索拉、博瑞、菲烈的表兄堂弟。

這時小白才意識到自己對蘭尼的家庭背景並沒有什麼瞭解。

「蘭尼，妳的家人呢？」

「啊……父母？我沒有媽媽。」蘭尼想了一下，指指窗外北半球夏季的星空，「至於爸爸，大概在那裡吧。」

論。

「哦。」小白垂下眼皮。可憐的蘭尼，她輕輕拍了拍蘭尼露在短衫外面的手臂。

蘭尼先是全身震動了一下，然後鼻尖冒汗了。

這種反應讓小白有些錯愕。不過她馬上得出「孤零零的蘭尼果然好可憐以後我要做她的好朋友」的結論。

當晚深夜，蘭尼在房間和特遣隊總部聯絡。

「……你說，她的味覺完全正常？」

「沒錯。」盧斯回答，「不僅如此，通過分析前幾天進食時的錄影資料，博瑞甚至認為這是一種高級的進化結果，我們的目標對食物口感的適應程度遠遠高於我們，不僅能夠像我們一樣欣賞精美的食物，對粗糙的食物也有極大的容忍度。」

「呼——那就好。」蘭尼擦擦鼻尖的汗。

盧斯點頭，繼續進行下個討論。「好的，下一議題，關於Facebook。」

「地球人類會花相當多的時間處理人際關係，他們的社交行為分為『三次元』和『二次元』，簡單說就是現實和網路。我建議——」蘭尼嚴肅起來，「我們所有人都要積極參與二次元的社交行為！」

盧斯再度點點頭。他按了一個按鈕，一個機器人聲響起，「建議成立，現在進行投票。」

片刻之後全數通過。

「還有其他需要討論的議題嗎？」

「是的。」蘭尼把手掌貼在螢幕一角，「調出2135的監測記錄。」

幾秒之後螢幕閃起紅光，盧斯、索拉、博瑞、菲烈的臉全部出現——

「她主動接觸你了?!」

「索拉快點分析！」

「冷靜下來。」盧斯揮了下手制止騷動，「蘭尼現在才討論這個說明他沒事，至少是可以忍受的。蘭尼，現在說說你的情況。」

「和之前一樣，類似電擊的感覺。但不知為什麼，也許是因為小白主動觸摸我的那一刻雌性激素指數並沒有明顯變化，也或許是因為最近一週我一直在接觸她的生物樣本，我的忍耐程度有所提高。我認為有必要考慮這個可能性，我族在地球生活一段時間之後對雌性生物電的容忍度會提高。」

「這是非常重要的資訊。博瑞，明天去找蘭尼採取新鮮的生物樣本。如果這個假設成立……」

所有人的眼睛綻放出狂熱的光芒。

對樓下所進行的一切一無所知，小白在第二天早上見到了蘭尼的表弟之一，博瑞。不久之後小白陸續和蘭尼的其他親戚有了簡短的會面。他們彼此間可以正常交流，可一旦小白出現立刻就會出現社交障礙。

博瑞是個有一頭淺金色短髮的年輕人。雖然外貌和蘭尼幾乎沒有任何相似之處，但是兩人的氣質卻微妙的相同。

蘭尼做了簡短的介紹之後，小白主動伸出手，身高一米九的肌肉男博瑞面紅耳赤了半天才羞答答的與她輕輕的握了一下，然後掩面轉身逃進了蘭尼的房間。

呃……小白望著被急速甩上的房門，轉過頭看著蘭尼。

「別在意，」蘭尼學著昨天小白的樣子拍拍她的手臂安慰，「他從小就這樣。我們家的人都害羞。」

不知不覺，小白已經搬進艾爾弗蘭德1號幾週了。這期間她下廚共三次，第三次，蘭尼吃她做的蛋炒飯時哭了，當然不是感動的。慚愧之下小白向蘭尼保證她不會再下廚了，收到蘭尼熱情擁抱一個。

為了報答，小白主動要求打掃。蘭尼答應了。但後來小白發現這個家無論何時都一塵不染。蘭尼的解釋是她的工作時間有彈性，不工作的時間就在家，反正也沒事就做家務吧。

最後，小白只好選擇主動去超市購買食材作為補償。

不過，小白第二次去買菜就被迫和蘭尼一起行動了，因為蘭尼飯量奇大，小白自己兩隻手能提回來的量還不夠人家吃一天。

對於一直接受人家的好意這件事，小白開始覺得不安，她寫了一封長長的郵件給媽媽，詢問自己該怎麼做。媽媽的回覆和平時一樣言簡意賅：坦然接受，真誠相處。

一個多月過去了，英國最後的夏日在一場雨之後消失無蹤，七月時一直到晚上九點還不肯下山的太陽，像個得手之後再也懶得付出甜言蜜語的負心漢，一天天迅速提前下班，很快下午五點不到天就濛濛黑了。

十月二十七日，星期日。

這一天，英國由夏季時間調回格林威治時間（GMT）。

星期日圖書館不開門。本來小白要和蘭尼一起去超市，不過，今天午飯過後她的小腹隱隱作痛。然後，讀者明白的，某位從來不準時拜訪的女性長輩來看她了。

小白抱著熱水袋縮在被子裡睡著。善良的蘭尼沒有叫醒她，自己出門了。

蘭尼買菜時收到盧斯的來電，他放下手裡的春捲皮問道，「怎麼回事？」

「今天調整時間你知道嗎？」

「BST到GMT嗎？今天零時我已經調整了。怎麼了？」

盧斯聽起來有點憂鬱，「我們也調整了。可是——」

「哦——」蘭尼丟下購物籃大吼，「那笨蛋一定沒調！」

「不過，因為是向後調整一個小時，所以應該不會有事吧？」

「唉，笨蛋幹出什麼事我們都不會吃驚了，唉——」

蘭尼撿起籃子長嘆一聲，「比起這個，小白今天好像不舒服。她說她肚子痛，然後給我一個『你應該知道』的眼神就去睡覺了。啊真討厭這種建立在不成文習俗上的對話，完全不知道該做什麼反應。」

「你已經很厲害了。」盧斯安慰受挫的戰友，「還記得沃夫老師的教誨嗎？」

蘭尼重新振奮精神回道，「當然。最強的戰士……」

「是在絕境中微笑的人。」盧斯接道，「所以，我們繼續努力吧。我會調出小白今天早上的生物樣本再分析，看看她的身體出了什麼狀況。」

「好的。回家後我會發新的樣本給你。」

在絕境中微笑的戰士蘭尼不會想到，四十五分鐘之後，「艾爾弗蘭德計畫」即將處於絕境。

第4章

外星生物襲來！

當從超市滿載而歸的蘭尼哼著跟小白新學來的地球小調爬上艾爾弗蘭德1號的臺階時，他立刻察覺艾爾弗蘭德1號的生物磁場波動和他離開前完全不同了。

這股強烈的磁波應該是他十分熟悉的某個人的，可是——磁波裡摻入了別的力量，使得波動不復以往的規律。

蘭尼愣了一下大叫，「盧斯！笨蛋已經到了！不知道為什麼他的通訊波被阻隔了！」

「什麼?!」盧斯大驚。

蘭尼一邊沿著臺階飛奔一邊繼續報告，「磁波出現極不規律的波動，波長——喂喂?盧斯?盧斯?」

與此同時，盧斯也試著阻止蘭尼，「等等蘭尼！別進去！」

通訊中斷了。

盧斯調出衛星畫面。

艾爾弗蘭德1號的上空，一片灰白色。沒有任何信號。

盧斯的心沉到谷底，他按下了緊急鍵宣布，「注意！現在進入緊急狀態。」

另外三位成員的頭像幾乎是在同時出現在螢幕上。

盧斯極力讓自己平靜下來，整理他所收到的資訊，「各位，一分三十五秒之前我收到蘭尼的消息，請看——」蘭尼和盧斯最後的對話被重新播放。

錄音播放結束，所有人一言不發。

「作為帝國的戰士，你們應該知道，一位戰士的通訊波中斷意味著什麼。」盧斯開始無法克制聲音中的顫抖，「王子殿下的磁波發生不規律的波動，主動切斷並阻隔通訊，這只能說明——」

「不可能！」索拉大喊，「那傢伙可是最優秀的戰士！沒有什麼敵人能把他傷得那麼厲害！更何況這是平均戰鬥力只有5的星球！」

博瑞繃緊嘴唇，可是眼角卻閃動淚光。

菲烈像是沒聽明白問道，「你說什麼？艾爾切斷了自己的通訊波？」

作為隊長，盧斯知道自己必須冷靜下來，他深吸了一口氣後說道，「是的。而且，繼殿下之後，蘭尼的通訊波也中斷了。」

一陣冰冷的沉默。

宇宙中最驕傲的賽德維金戰士在遇到極度的危險時，會主動切斷自己的通訊波，以免同伴為了救援他們而遭受同樣的危險；倘若力戰不勝，在垂死之前，戰士會將自己遭遇的最後畫面以類似黑匣子的光波形式，傳送給母星和距離最近的同伴。

這是他們自古以來引以為傲的傳統。

也是賽德維金帝國的武力得以恆久稱霸宇宙的原因之一。

「我們現在怎麼辦？」博瑞的淚水終於流了出來。不管是為了一直被稱作「笨蛋」的那傢伙，還是蘭尼——

「立刻向帝國國會首輔報告，同時通知駐紮在月球的機動部隊全面戒備。王子有可能是被卡寧星系潛伏在地球的卑鄙傢伙以某種方式偷襲了，也有可能是在進行分子傳輸整合時遭受了意外的生化污染，但暫時不必驚擾陛下，也許艾爾會生還，別忘了他曾經在伯恩斯坦星上創造過的奇蹟。然後——」盧斯握緊拳頭似是忍耐著說，「我們只能等待。等待他的生物通訊波重新出現。」

或者等待他的「黑匣子」。

在特遣隊焦灼等待的時候，讓我們回顧一下四十五分鐘之前發生了什麼。

拜一向不按時來的大姨媽所賜，小白臥在床上忍受四肢冰涼小腹脹痛，迷迷糊糊的睡著了。沒多久她醒了，喝了幾口保溫杯裡的熱水之後，她還是覺得渾身不舒服，於是決定洗個熱水澡。

她站在蓮蓬頭下享受燙燙的熱水，突然間一陣頭暈，然後，小白同學發現不是她頭暈，而是整間房子正在震動。

地震了?!這是她的第一個想法，可在她要伸手去抓浴衣時震動又停止了。

啊，英國不會發生地震吧?書呆子氣發作的小白還在想著英國處於哪個板塊……咦?這是什麼?等等，這是怎麼回事?

她看到腳下的浴缸正逐漸變成半透明。

半透明的?

浴缸逐漸由半透明變成完全透明，連浴缸下面的地板也開始變得透明，她甚至可以看到樓下的房間裡放著一個比例奇怪的橢圓形浴缸，有近三公尺長但和普通浴缸差不多寬。

在她開始懷疑自己在做夢的時候，她雙腳所接觸的平面瞬間變得柔軟!軟得像果凍一樣!

「啊——」小白尖叫一聲，穿過軟綿綿的浴缸和地板，直直往下掉落。

英國也有豆腐工程!蘭尼的ＤＩＹ不合格!

沒等她能繼續尖叫，「撲通——」她掉進了樓下房間的浴缸裡。

這浴缸裡裝滿了溫熱的、黏糊糊的液體。小白掙扎著坐起來，雙手撥開黏在眼皮上的頭髮，胡亂擦著臉，努力要吐出剛才灌進口鼻中的液體。這一切人類意外落水之後會有的動作，在她看到自己現在所處的環境便立即停止了。

浴缸裡的液體黏膩厚重，呈現不透明，顏色……也很奇怪。非要用語言描述的話，小白大概會用「液化的蛋白石」或者「不透明又非常細小的肥皂泡泡」，來形容這種瑩光閃閃又不停變換的顏色。它包含了一切她曾見過的顏色，又和她所見過的一切顏色不同。

小白抬起手，這古怪的液體順著她的手臂緩緩流向手肘，但卻不像普通液體那樣滴落，而是漸漸汽化，幻化出一片令人目眩神迷的彩光。

還來不及思考這是什麼，小白看到浴缸的另一端，有一個生物正在緩緩浮出水面。

這個生物伸出了兩根和蝸牛類似、但粗細和小白食指差不多的觸角。它們一根向上伸展，像是在看小白掉下來的那個洞；另一根觸角則像電風扇一樣快速旋轉了三百六十度，像是在觀察這個房間，然後，兩根觸角最後直盯盯的對著她。

和浴缸裡難以形容的液體一樣，這個生物也是小白前所未見的。也許是嚇呆了，也許是出於強烈的好奇心，也許是因為被那奇怪的液體包著她有種毫無理由的安全感——她就那麼半張著嘴，目不轉睛的和那對觸角對視著。

觸角生物似乎感受到了她的目光，發出「咕」的一聲輕響，再度沒入水中。

小白等了一會兒，那對觸角沒再出現。

要不要把臉浸在水裡看看它到底是什麼呢？

這主意出現的下一秒鐘，小白被自己的想法和好奇嚇到了。她打了個冷顫，想要從浴缸裡站起來，可就在這時，那個生物又出現了！

這次，它不再是小心翼翼的探查，而是直接把腦袋浮出了水面。

「啊？」小白愣住了。這、這是隻麋鹿？

沒錯，雄鹿那桂冠一般、色彩斑斕的鹿角正在向上浮，可是——一瞬之間，鹿角沉入水中，再次上浮的是眼角有著黑色條紋的獵豹頭。在小白的心臟猛然加速之際，豹頭沉入水中，再次浮出金鷹羽翅！

這個生物不斷變幻著，變幻的速度越來越快，種類越來越多，無一重複，生活在叢林裡的，翱翔在天空中的，遨遊海洋湖泊的，奔跑於草原上的。到了後來，僅憑浮出水面的部分，小白已經無法判斷這個生物是什麼。也許，它們根本不是屬於這個星球的生物。

幻象的變化持續了不知多久，也許只有幾分鐘，也許像小白感覺的那樣有幾十分鐘——水面驟然靜止。

這次會是什麼？

小白的心跳加速，她有種直覺，不管那生物到底是什麼，它要給她看它的真面目了。

當一個半球形從水中逐漸浮起，她的眼睛不由自主的睜大，一眨不眨的看著半球形變成球形，漸漸升起，然後，露出水面的是頸項、肩膀、手臂、軀幹……

這、這是一個人！

小白緊緊抓住浴缸邊緣，渾身發抖的看著這個人從浴缸的另一端站起來。

像是從瓷釉裡撈出的雕像一樣，輪廓分明的五官、勻稱緊實的肌肉、寬肩、細腰、修長筆直的腿，依次從黏答答的液體中一點點顯現出來，又再次被一層汽化的晶瑩色彩籠住。

終於他的臉部也顯露出來，朦朧氤氳之中，他睜開眼睛，盯著小白。

是個人！

一個……男人。

第5章

要被吃掉了?!

他完全的展現在她面前，並且盯著她仔細的看時，小白也呆呆的盯著他。

那個人像是在確定什麼似的微微側頭，皺了下眉毛，他薄薄的嘴唇先是向上翹一下，然後彎起來。

他在笑？

小白的心跳快得像要隨時從胸腔裡蹦出來，在目前這個比她最古怪的夢境還要奇怪的情景下，她只能咧了咧嘴。

大概以為得到了她的回應，那個身上還沾著黏答答液體的傢伙高舉雙臂，歡呼一聲便向她飛撲過去。

驚恐的情緒這時候終於回到小白身上了，她尖叫著、胡亂踢著腿，馬上失去平衡滑進浴缸，被黏液淹沒。

她探出一條手臂想要抓住浴缸的邊緣。不幸的是，那個神祕生物顯然比她更熟悉這種黏液的性質，她的手腕被一隻有力的手抓住，繼而被提出水面。

到了這時候，小白終於開始展示地球女性的特長了。她閉著眼睛揮舞起拳頭，不斷發出高分貝的尖叫。

啊啊啊啊啊——

放手啦混蛋！管你是什麼變形蟲進化的生物！給我走開！

小白的粉拳似乎對神祕生物具有殺傷力，他鬆開她，掙扎一下，身體浸沒在黏稠的液體中，只露出口鼻用力呼吸。

小白繼續尖叫著從浴缸邊緣爬出來，連滾帶爬的奔向浴室門。她衝出去的時候渾身發著抖扭頭看了一下——

那個生物還在浴缸裡躺著，張開口用力呼吸，似乎是在努力適應地球的空氣，他的喉嚨裡發出有點嘶啞的聲音。

小白衝出浴室，覺得自己是掉進樓梯下面蘭尼為表弟準備的房間了。這時候她想不到她的房間下面不是蘭尼的房間是違背物理規律的，也沒去想為什麼這個樓梯下的鞋盒房間會突然變得這麼大，她抱著浴巾衝向房門，打開門跑出去。

◐　◐　◐

小白衝上樓梯跑進自己的房間，轉身把房門上鎖，又衝進自己的浴室。

哦哦哦她的浴缸底部還是半透明的！

而且透過浴缸可以看到那個生物還仰躺在樓下的浴缸裡喘氣呢！

她飛快跑出去，把浴室的門也鎖起來。

哆哆嗦嗦的抓了幾件衣服穿上，小白一手提著褲子一手抓起手機撥號。

嗚嗚嗚嗚外星生物入侵地球要報警嗎？

嗚嗚嗚嗚手機根本沒信號！

小白套上毛衣，掃視自己的房間，希望可以找到什麼當武器的東西。

她抓起自己的筆記型電腦，啊啊啊啊早知不買超薄的！

那麼——牛津高階詞典？啊啊啊啊殺傷力不夠！

最後，她從衣櫃裡找到一個鐵質衣架。小白手持她唯一可以在房間找到的鐵器，輕手輕腳打開浴室的門，緩慢的靠近浴缸。

它仍然是詭異的半透明，小白把臉湊近——

啊！不好！那個生物不見了！

不知道是沉到液體裡了，還是……

想到這裡小白脖子後面一涼。所有恐怖片裡都是這麼演的！

回頭？還是……

小白深深吸了一口氣，顫巍巍的轉過身。

嗯？沒有怪物！

她喘了口氣，霸氣威武的走出浴室——

立即崩潰了！

那個神祕人形生物，正臥在她的床上，一手拿著她的《人類學》課本翻看，一手抓著一片小白從超市高價購買的仙貝正往嘴裡放。

「喀滋——」他啃了一口仙貝，有點不滿的嘀咕，「這種完全不能補充能量的食物是為了什麼目的製造出來的啊。」

會、會地球語言?!

小白背靠浴室門框，驚呆了。

沒等她消化這個資訊，床上的傢伙轉過腦袋，對小白露出雪白的牙齒，雙眼放射極為狂熱的光芒。

「嗨～」

他的肚子也同時發出「咕嚕」一聲巨響，跟她打了個招呼。

小白再次放聲尖叫，轉身跑回浴室鎖上門。

啊啊啊啊——會說人話不代表不會吃掉我啊！就算同樣是人形生物也一樣！就像智人對尼安德塔人做的！所以現在地球上最高級的靈長類生物才是智人！

最後一個尼安德塔人被吃掉之前一定也哭著喊「不要」吧？智人一定也是那麼露著牙齒對他燦爛微笑吧？

「喂——」背後的木門被輕輕敲了兩下，「妳怎麼了？還在害羞嗎？」

嗚嗚嗚嗚～我是在害怕啊混蛋！害怕得好明顯啊嗚嗚嗚～

哭了一會兒，小白察覺到那個人形生物似乎並沒有進一步攻擊行為的意圖。她趴在門縫看了看，那傢伙好像離開她的房間了。

她打開門，探出腦袋。

他果然走了。

抓緊她寶貴的武器，小白走出自己的房間，扒著樓梯扶手向下看。

廚房裡發出各種拆包裝的聲音和食物被咀嚼的聲音。

……看來我不是食物？

略放心的小白又走下幾個臺階，觀察著狼吞虎嚥但吃相居然很有教養的人形生物。

廚房的餐桌上狼籍一片，而那個傢伙好像已經吃飽了，他抓著家庭號鮮奶瓶咕咚咕咚灌了幾口，打了個飽嗝，趕快用手掩在嘴巴上掃視四周，並且似乎還露出有點不好意思的表情。

他又倒了杯水淺啜了幾口，這次他的動作絕對可以稱得上優雅。

放下水杯，他站起來，歪著腦袋，對趴在樓梯扶手上偷窺的蘇小白露出微笑。

接著，人形生物邁開他那雙修長筆直的腿，向她走過來。

小白這時候仍然抓著鐵絲衣架，對於停在樓梯下方仰起頭和她對視的這個生物不知如何反應。

因為……咳，當你知道對方沒有拿你當食物的打算之後，你就會注意到其他的一些……東西了。

這個姿態優雅的人形智慧生物，呃，其實從一開始到現在就全裸著。

裸男站在樓梯下方，抬起頭望著她。這時小白才開始注意他的外貌。

他有一頭顏色極淺的金髮，還微微有點潮濕，顯得十分柔順；頭髮被完全攏向腦後，露出光潔飽滿的額頭，和高高的鼻梁，他的眼睛是淡淡的碧綠色，閃爍著具有高度智慧的生物才有的光芒。

他一言不發，用一種十分熱切、充滿渴望、甚至可以說是憧憬的眼神看著她，他薄荷糖顏色的瞳孔呈現微微擴散的狀態。

小白在這種目光的凝視下，感到心跳迅速加速，幾秒鐘之後她覺得似乎不僅可以聽到自己的心跳，連胸腔都在每次心跳時被撞得微微疼痛。同時，她聽到一種類似蜂鳴的細微聲音連綿不斷，鼻端也隱隱約約縈繞一種她從未注意過的氣味：充滿野性、狂放不羈、生機勃勃。

這種屬於自然的氣味讓她渾身發熱。最要命的是她的手臂痠軟無力，她的手心滿是汗水，手指不斷顫抖，武器早就掉在地上了。

「請原諒在下之前的無禮與魯莽，」裸男風度翩翩的垂下頭，右手放在胸前行了個禮，「我是賽德維金的艾爾弗蘭德，妳可以叫我艾爾。」

他抬起頭，左腳跨上臺階，握住了小白的雙手，如獲至寶般輕輕舉在自己臉前。

「我穿越了無數星塵、億萬光年，只是為了來到這裡，遇見妳——不列顛的蘇小白，讓我們拋棄惡俗的繁文縟節——」

他的眼神熾熱如火，臉頰泛紅，十分堅定的宣布——

「現在就交・配・吧！」

哪、哪泥？

被裸男握住雙手的那一刻，小白的心跳已經快得超出她能負荷的極限，她的鼻子裡也又熱又癢。為了聽完裸男的話，她極力按捺住揉揉鼻子的衝動，誰知——

你、你說蝦米啊？

小白感到臉頰一熱，那股從剛才就開始隱隱縈繞在四周的、蠻橫原始的奇特氣息，一瞬間如一頭餓了幾天的隱形猛獸，迎面撲來！

她想問裸男「你說什麼」，可是只來得及張開嘴，就聽到一個奇怪的聲音——

「噗吡——」

裸男被噴了一臉殷紅的血。

小白終於抽出自己的手，她顫抖著摸了摸自己的鼻子，發覺是自己噴鼻血了。

啊，原來我也是看到異性的裸體會噴鼻血的類型啊……

這是她失去知覺前最後想到的。

第6章

獵食者與獵物

可憐的小白醒來時天已經幾乎全黑了。她書桌上的檯燈開著，橘色的燈光反射在窗戶玻璃上。要是，這一切是做夢多好啊。

唉，洗澡洗了一半浴缸忽然變透明了，掉進一池黏糊糊的液體裡，結果變成和一個不知道什麼變形蟲進化的生物洗鴛鴦浴……如此奇幻的東西竟然不是夢。

因為那個奇幻生物就坐在她床邊的地板上。

橘色燈光下，他的金髮顏色更淺了，而且看起來柔軟得讓人想要伸手摸摸，加上他坐在地板上的樣子，小白一瞬間有種金毛獵犬的錯覺。

「唉……」她把手搭在自己額頭上，掙扎著坐起來。

她頭痛欲裂，口乾舌燥，渾身每根肌肉都痠痛不已。

抓起床頭櫃上放著的水杯灌了兩口，小白問地上坐著的傢伙，「蘭尼呢？」

「唔，大概是在自己的房間裡，掙扎著是要向上層如實報告生物分子傳輸事故的嚴重程度，然後接受軍事法庭的審判呢？還是乾脆選擇用軍人光榮的方式自我了斷吧？」那傢伙的語氣裡明顯有幸災樂禍。

到了這個時候，再以為艾爾弗蘭德1號是因為地段不好才多年租不出去、而讓她撿了個大便宜，還有蘭尼是她的好房東、好閨蜜的話，那也太傻了。

眼前這不和諧生物自稱艾爾弗蘭德，這棟房子就叫艾爾弗蘭德1號，不可能是巧合。

蘭尼那位要住在樓梯下面的表弟，很可能就是現在坐在她面前的生物。

而且，他已經知道她的名字，那麼這只能說明……

唉，我被賣掉了。

更不爽的是我被賣掉了還幫人家數錢呢！

那天還想和蘭尼一起去游泳呢！還想陪她買新內衣、換個髮型、耶誕節過後打折時一起血拚呢！

蘇小白妳這個大傻瓜！

嗚～

「咦？妳怎麼哭了？」奇幻生物跪在地上，探身過去看她。

小白看見他湊過來的腦袋哭得更凶了。一想到這傢伙不久前毫無廉恥的穿著國王的新衣滿屋子晃蕩的模樣，兩腿間舉著個「鬥志昂揚」的器官，還抓住她的手一臉深情的說「我們現在就交・配・吧」，她就、就、就……

不是害羞是害怕啊啊啊啊——

腦內循環播放小異形從人體胸膛裡蹦出來、「嘎」張開嘴巴發出第一聲呼喚的鏡頭啊啊啊啊——

「喂喂，妳不要哭啊！」奇幻生物著急了，他伸出手，猶豫著該放到小白身上哪個地方。

小白一發現他這企圖就要把他的手撥開。沒想到一碰到那傢伙的肌膚，她又心跳加速、耳內轟鳴了，就連鼻子也立刻癢起來。

顫抖著把手伸到鼻子下面，小白摸到一手黏黏熱熱的液體時心都涼了。

她又流鼻血了。

而這次，奇幻生物不再是全裸的。他在她昏迷的這段時間裡穿上了一件灰色的圓領毛衫和一條牛仔褲。

所以……

小白嚇得一哆嗦，警告道，「不要再靠近或者摸我！你……你有輻射。不，你有毒！不，也不對！反正你別靠過來！」

雖然不清楚究竟是什麼，但是，心跳加速、耳鳴、嗅覺異常還有流鼻血和虛弱感，顯然都是由他的觸摸引起的。

「……」沉默了一秒鐘，奇幻生物鄭重的點了點頭，他站起來拉開房門對著樓下大喊，「蘭尼！你自殺完了沒有?還沒的話就趕快滾上來!小白又流鼻血了!」

「艾爾殿下為什麼你會在樓上?」蘭尼嗷嗷大叫了幾聲跑上來，「你不是應該在生物分子傳送器裡休息嗎?」

「啊~我只不過是關心小白嘛~她又激動得噴鼻血了。」某個傢伙的惡劣性格開始暴露了。

蘭尼欲哭無淚的看了他幾秒鐘，無力的垂下腦袋對著小白，過了好一會兒才開口，「小白……呃，那個……」

「他就是你的遠房表弟，要來借住的。對嗎?」小白看著蘭尼，心裡百味雜陳。

「嗯……是的。」蘭尼繼續垂著頭回答，「本來，你們不該在這樣的情形下見面的。你們……」

小白打斷他的話，「比起這個，我更想知道，為什麼?」

為什麼要和我交配?

為什麼大費周章的騙我住在這裡?

為什麼是我?

蘭尼很為難的看著小白，「這個……嗯……」

「這種問題他是不會老實回答妳的啦。」

「你給我閉嘴笨蛋!」

「當面直呼皇室成員為笨蛋好像不太好吧?」

「請您閉嘴，艾爾殿下。」蘭尼扶額，「小白，請妳暫時放下疑問，我有幾個非常重要的問題要先問妳。」

瞟了一下已經以皇室的優雅儀態和主人氣勢坐在椅子上的笨蛋殿下，蘭尼的眼神十分嚴肅的問，「妳剛才又出現流鼻血的現象，是因為見到艾爾殿下太激動了嗎?」

「不是。」小白簡直要翻白眼了，「是因為他靠近我。他觸摸到我之後我就開始流鼻血了，而在流鼻血之前，他靠近我，我就會有心跳加速和耳鳴的症狀。」

蘭尼惡狠狠的轉過頭看向艾爾。

「艾爾殿下，這是怎麼回事？你的通訊波發生異變，而且直到現在還是被阻斷狀態，這其實根本不是你所說的『在傳送器裡受到了富含大量雌激素的異種生物體液的感染』所引起的，對嗎？是你主動切斷通訊波！還用自己的生物波覆蓋阻隔艾爾弗蘭德1號範圍內的所有通訊！」

坐在椅子上的笨蛋……不，艾爾殿下，他靠著椅背，身體向後微仰，有點委屈的抱怨，「第一次和我的配偶見面，我就不能要求一點隱私嗎？」

蘭尼額頭上的筋暴出來了。

「隱私?!盧斯他們八成以為我們掛掉了！現在說不定已經通知了首輔大人和陛下！還有——」他指指小白，「你切斷自己的通訊波之後，腦電波會增強，她根本沒辦法承受那種程度的力量！人家流鼻血和昏倒是因為被你進行精神力攻擊了！有哪個正常的地球女孩子會在見到一個從黏答答液體裡冒出來的傢伙後興奮啊！」

「行了，我馬上就解除阻攔。」艾爾揮開蘭尼的手，輕哼一聲，「不過——把樣本收集系統設置成自動的可不是我，」他說著開心的笑起來，對小白指指蘭尼，「害妳洗澡的時候掉進分子傳送器的是他唷～」

「哦（嗶嗶——嗶——）」蘭尼爆出一連串髒話後，無力的跪在地上。

「哦哦～不要緊不要緊～」艾爾用腳尖一踮，座椅下的滑輪骨碌骨碌載著他滑到蘭尼身邊。

伸手摸摸床上那顆亂蓬蓬的紅毛腦袋，他用一種極溫柔天真的語氣說，「和蘭尼從小就是好朋友的艾爾是絕對不會講出去的，對不對？」

好、好邪惡。小白抓著被角一陣惡寒。

「聽著蘭尼，在我恢復通訊之前我們達成共識吧，」艾爾蹺起二郎腿，左手手肘放在椅子扶手上支起下巴，「我到達地球進行分子轉化時，小白剛好在洗澡，由於地球女性的雌激素，我的磁波受到影響而自動進入防衛狀態，所以不但我自己的通訊波被切斷，任何進入我的波動範圍的通訊波也被切斷了。但這只是偶然的現象，不會再次出現。這麼向盧斯他們解釋的話，你覺得如何啊？」

蘭尼趴在那裡繼續寬麵條淚，一副人命由天任憑宰割的樣子。

艾爾滿意的拍拍蘭尼的背，「那麼我現在就恢復通訊了？」

小白突然出聲，「等一下！」

「嗯？」艾爾馬上露出笑容，「親愛的小白，妳有什麼問題？」

小白拉開嘴角，敷衍的回應他仍舊充滿費洛蒙的微笑，「蘭尼不能回答的問題，問你的話……能得到答案嗎？」

艾爾把雙臂枕在腦後回答，「當然。這是許可權的不同。」

「好的。那麼，賽德維金的艾爾弗蘭德殿下，」小白看著得意洋洋半躺在椅子上的男人，「請問你為什麼要穿越星辰大海億萬光年來地球尋找配偶呢？」

第7章

賽德維金人的繁殖計畫

這個時候小白已經徹底明白自己的處境了，從一開始蘭尼徵房客，這就是個圈套。

「啊，為什麼呢？」聽到這個問題，艾爾有一瞬間的失神，他直接沒有回答，而是說，「今天妳在傳送器裡迎接我的時候……」

說到這裡他的臉紅了，彷彿在回味什麼似的「嘻嘻」笑了兩聲，然後雙眼亮晶晶的盯住小白。

小白很惱火。誰在迎接你啊？而且你自己剛才都說了，因為意外我才掉進去的！

但是她的臉無法克制的開始發燙。那個浴缸是傳送器？異形是從外太空直接掉進裡面的？不對，剛才他說過「分子傳送」，難道說……啊，太棒了，我和分子化的異形一起泡了個澡。

艾爾開始了解釋，「賽德維金人和地球人的基因有百分之九十是相同的，但男女的自然出生比例是二比一。由於好戰的天性和獨占欲，再加上男女人數的差別，強者都是一夫一妻制的支持者，但一妻二夫也被賽德維金社會廣泛認可。」

基因有百分之九十和我們相同？女性數量少？3P王道？就因為這樣跑到我們星球來找配偶？

「萬年以來被生為最強戰士的我們，擁有最強的軍隊和最廣闊的星域，但是過度的擴張和野心，讓我們遭到了自殺性的報復。有個不起眼的小星球堅決抵抗帝國的入侵，他們發明了一種生化武器，在帝國軍隊登陸之前自爆了自己的星球。」

蘭尼趴在床上一聲長嘆。

「幾年之後，一位醫生很偶然的發現參與遠征的倖存士兵，他們的後代全都是男性。那場看起來像垂死抗爭的自爆，其實是對我們發動的生化攻擊。」艾爾接著講，「戰爭繼續持續了近一年之後，賽德維金人才發現，他們已經成為生化病毒的攜帶者，返回母星之後，通過空氣傳播，他們身上的病毒會選擇繁殖期的女性作為宿主，被感染的女性的卵子不再具有繁殖能力，被發現時幾乎所有的育齡女性都已經被感染了。帝國動員所有未到育齡的女性，立即把她們的卵囊冷凍保存。但是十幾年之後，帝國的星域版圖和國民人口還是都大大縮減了。」

「啊……」小白明白這對一個物種來說意味著什麼。這時也忍不住為他們哀嘆了。男女比例相差那麼懸殊，種族根本不可能再持續下去了啊！

他們……是不是發明了什麼同性繁殖的技術？

看看艾爾又看看還趴著裝死的蘭尼。那個……帝王攻和忠犬受嗎？

艾爾看了她一眼，抬起下巴說，「女性數量急劇減少，新生兒的男女比例從自然的二比一變成了極為誇張的比例。但賽德維金人是十分頑強的物種，在帝國的全面調動下，我們銷毀了所有針對我們的生化武器，並且在此後的幾千年內仍然保持宇宙第一強的戰士地位。」

小白兀自出神的想著誰攻誰受的問題。艾爾見她表情茫然，以為她質疑「宇宙第一戰士」之名，心裡暗自竊喜，這可是個在心儀對象面前炫耀自己的好機會啊。

艾爾咳了咳，伸出右手掌心朝下。接著「轟」一聲，光芒瞬間爆發！

小白大驚失色，卻看艾爾緩緩挪開手掌，一個焦黑冒煙的洞口出現在桌面上。不僅如此，連桌面下的地板都出現了一個洞穿樓板的窟窿。

艾爾得意洋洋的看著小白，一副討獎賞的模樣。「賽德維金人的力量遠遠不僅止於此。」

小白驚魂未定，疑惑的看著艾爾，還是不知道他為什麼要這樣做。

蘭尼翻翻白眼，心裡咒罵著笨蛋殿下，嘴裡連忙道：「小白，這些馬上就可以修好了，妳是不是對殿下剛剛講的話有什麼……其他疑慮？」

知道男男生子的可能性不高，小白把剛剛超級賽亞人的招式拋諸腦後，小心的提出假設，「按照地球女性的情況看，每個女性大約會有兩百萬枚卵。那麼，通過人工授精進行繁殖，再依照你們的生命長短重複使用一個女性的基因，就可以……」

艾爾長長呼了口氣，拍拍蘭尼的腦袋，小聲道，「你這次總算辦成了一件事情。她比你上次選的那個胸大無腦的金髮洋娃娃好太多了。」

蘭尼得意道，「而且很可愛對吧？」

看著竊竊私語的兩人，小白一臉疑惑。

艾爾伸展一下身體問道，「妳餓不餓？我們可以一邊吃東西一邊繼續話題。」

肚子響亮的咕嚕了幾聲，小白和艾爾一起把熱切的目光投向蘭尼。

裝死狗的蘭尼呻吟，「你們兩個現在想到我了？」

「蘭尼，中午我還給了你五十英鎊菜錢呢。你不是說超市春捲皮打折，所以要做春捲嗎？」

蘭尼淚目，「春捲皮和菜都買了，可是被我扔在山下了。」他指指艾爾，「在這傢伙解除阻隔之前我沒心思去撿回來。殿下，你『獨處』夠了沒有？已經快四個小時了，解除阻隔吧？」

第8章

可愛的碳基地球人

解除通訊阻隔？

小白和艾爾對視一下——

小白內心：啊可是我還有幾件很重要事情沒弄清楚，而且說不定能找出他們的什麼弱點呢，如果他聯繫上同伴說不定就不會繼續說了。

艾爾內心：不要！人家還想繼續和小白獨處呢～哎哎她這麼看著我的時候感覺好棒！好棒！這是期待的眼神沒錯吧？他們總是說我不能正確判斷異性的眼神，但這絕對是期待的眼神！

蘭尼淚流：這兩個人都是不在乎別人感受的類型！嗚嗚我要怎麼向盧斯解釋啊！

於是，大家放下爭議先去吃飯。

其實就是蘭尼做飯、小白和艾爾坐在餐桌前繼續問答等著吃。

艾爾覺得自己和小白僅僅認識了幾個小時，可是卻好像已經有一定的默契了，這使他對他未來的配偶有問必答，知無不言，言無不盡。

「也就是說，」小白推開自己面前的碗，她吃飽了，「從幾千年前你們就開始尋找可以和你們繁衍後代的人種，希望可以借助未經感染的基因製造出抗體？」

「嗯嗯～具體來說是，最理想的是和她們生下女性後代，然後借助她們的基因來幫助我們繁衍後代。」某個越來越有「我已經在戀愛了～」錯覺的傢伙搖著尾巴滔滔不絕，「宇宙中的人形生物其實還挺多的，但同樣是碳基生命形式又是高智慧的人形生物並不多。直到不久前我們得知了地球的所在。你們在已知的碳基智慧生命形式中基因數目最少！」艾爾隨手抓起蔬果籃裡的一顆番茄舉例，「就連它，都有比你們多七千個基因。你們……」

他盯著小白的臉，有種渾身暖洋洋軟綿綿的舒服可又不知什麼地方有一點點輕微疼痛的感覺，這種感覺真是舒服啊，你們，哦不，是妳——妳真是又小巧又聰明、可愛得讓人想用力抱在懷裡亂蹭的美妙碳基生命形式……

蘭尼用手戳戳他那位又在犯花痴的丟人同胞，「喂——」

「哦哦～」如夢初醒的艾爾低頭四顧，他看到小白的電鍋插頭上的一個小裝置，指著說明，「你們，你們就像那個——」

「嗯？」小白看看艾爾指著的東西。

那是每個華人留學生都會有的小裝置——多用轉換插頭。

「你們的基因序列有很好的適配性，幾乎可以和所有已知的高級碳基生命——甚至某些矽基生命形式——實現交配繁殖，」艾爾紅著臉偷偷看小白，聲音小了點，「包括……我們。」

平靜的外表之下，小白洶湧澎湃的內心對著滔天巨浪嘶吼：去你的轉換插頭！你們全球都是轉換插頭！

不過，對於根本用不著武器自身都是雷射槍的外星生物，在掌握他們的弱點之前，絕對不能輕舉妄動！

她抿抿嘴唇，努力平靜下來擠出個笑容，「還有一個對我而言很重要的問題。」

她已經發現當她對著艾爾微笑時，這傢伙就會什麼都全盤托出。

「艾爾弗蘭德殿下，像您這樣的人，在地球上應該是什麼樣的配偶都能輕易得到的，為什麼會選擇我呢？」

她這是在問為什麼我會對她一見傾心！是在質疑我對她的感情的真摯！

通常這麼問是因為她對我也有點意思，對吧？一定是這樣！

艾爾弗蘭德殿下的內心獨白當然只有他自己聽得到，小白只看見他皺眉沉思，露出前所未有的嚴肅表情。

本來打算看好戲的蘭尼，這時不得不試著阻止笨蛋透露更多的資訊，「殿下，請您慎言。」

哦哦可惡的蘭尼！

小白斜眼瞥他，然後低著頭，幽幽的嘆了口氣說，「如果你覺得為難的話……就不要說了。」

「不，請讓我回答。」

「殿下！」蘭尼再次試著阻止，「請您仔細思考後再回答！」

「怎麼？你是在暗示我編一套可信度高的說辭、欺騙我的配偶嗎？」艾爾注視著蘭尼，「愛情產生的首要基礎，就是坦誠和信任。」

艾爾轉過頭，含情脈脈的望著小白，「在得到情報之後，我們派遣了包括醫療人員在內的一組科學家和職業戰士到地球。在這個人均戰力不到5的星球，居然發現了一個讓我們極為頭痛、並且對我族繁殖大業極為不利的現象。」

「閉嘴吧艾爾！」蘭尼幾乎有點絕望了。

艾爾當然沒閉嘴。

「我們星球的男性，被地球女性毫無預兆的觸摸時，會感受到電擊般的刺痛。」他停頓一下，解釋得更清楚，「嗯，大概類似於你們地球人被水母蜇到的感覺吧。」

哦——買——尬——

「當然了，這點程度的疼痛對我族的戰士來說根本不算什麼，不過呢，」艾爾聳聳肩，有點抱歉的看著蘭尼，「讓他們受到這種『攻擊』時不進行條件反射似的回擊倒是挺難的。嗯……妳們，受不了這種回擊。」

小白想像了一下一個阿諾模樣的賽德維金戰士被一個戰鬥力不到5的地球小妞偷摸了一把之後、頭髮像超級賽亞人般豎起、一巴掌把小妞拍出兩條街的情景——這還真是……為什麼我會覺得想笑啊?!

「要忍耐這種痛苦不做回擊也不是不可以，」蘭尼鬱悶的補充，「但被電了之後根本沒有想要交配的欲望。而時刻戒備對方的偷襲，必然會導致我們極度緊張，再加上我們在自己的星球本來就很少和女性接觸，所以難免會表現得不盡人意。這樣，別說兩情相悅結成伴侶了，連日常的交往都很艱難。」

「呃……那個，」小白覺得有點難以啟齒，「難道，難道你們沒有想過要綁著那個女性……那個……嗎？」

電影裡不總是這麼演嗎？綁架然後那個什麼……

「什麼？」艾爾疑惑的看看小白，又看向蘭尼不解的問，「她在說什麼？」

「嗯？」蘭尼愣了一會兒，明白了她在說什麼，他的臉紅了，額頭青筋也暴出來，揮舞著雙臂對小白嚷嚷，「我們賽德維金人可沒有強迫女性的劣等基因！不是出於雙方自願的交配，怎麼可能會有優秀的後代產生？這簡直和吃掉自己的同類一樣，讓人想到就渾身不舒服！你們竟然還製作模仿強迫場景的交配錄影販賣！」

艾爾瞥著蘭尼，露出陰險的微笑，「喂，她一直最關心、最想知道的這部分還是由你解釋清楚了啊。」

「……啊！」蘭尼把頭重重磕在餐桌上，側頭趴著寬麵條淚，「你是裝的。你一定早就看過那種錄影了！你這個皇族混蛋。」

艾爾繼續微笑，「過敏程度有的人輕微一點，就像蘭尼，只是覺得被針刺；過敏程度嚴重的會忍不住反擊。總之，普通賽德維金人沒辦法和地球女性交往，妳已經見過他們幾個了，應該會明白。」

小白回憶起和她握了個手就嬌羞飛奔的博瑞、看到她立刻會對蘭尼暴跳如雷的索拉，還真是不得不承認，見到年輕女性就長舌的蘭尼是他們中最正常的。

「這個時候，就是賽德維金的最強戰士挺身而出的時刻了！」艾爾驕傲的抬頭，「在一個全民尚武、實力論的星球，為數不多的女性所選的配偶，都是戰士中的最強者。我族目前最強的幾位戰士分別是我父親、我叔叔、我哥哥，當然，還有我。」

蘭尼翻了個白眼。

「第一支特遣隊失敗之後，我們立即派遣了第二批科學家和當時最適合的繁殖人選——我叔叔，菲力浦親王——來到地球。他登陸地球的時間是在幾十年前。」

艾爾說到這裡，掌心攤開，一束彩色的光放射出來，稍微扭動一下變成一個3D的全彩人像出現在半空中。

這種技術相當震撼！但這種震撼在小白認出人像裡的人時根本不算什麼了！

她尖叫了幾聲，「他！他！他……是你叔叔？他是賽德維金人？」

這個人，是地球人中最著名的搖滾歌手。他影響了地球幾十年來音樂工業的發展方向，連現在最紅的樂手都寫歌向他致敬，讚美他征服女性無往而不利的舞步和歌聲。

「無意冒犯，但菲力浦親王殿下在地球的繁殖任務也不能稱為成功。」蘭尼哀嘆著打斷小白的臆想。

艾爾把手移開，人像也消失了。

「從某種意義上來說，賽德維金人與地球人的繁殖確實成功了。但是親王殿下的後代——他和四位不同配偶所生的七個孩子，全部都完全失去了賽德維金人的特徵。」

「他們沒有我們的多色視覺，也沒有敏銳的嗅覺和聽覺，更沒有操縱光波和用腦電波通訊的能力。」蘭尼十分惋惜，「雖然殿下的後代中有四名女性，但她們只是普通的地球女性。不僅如此，親王殿下也不能夠再回到母星了。我們失去了一位最強的戰士，卻沒得到寶貴的地球基因。」

小白忍不住看向艾爾，而艾爾也正看著她微笑。

哦！不對。如果地球人的基因遺傳性更強，他們就不會再來地球了。親王殿下的子女全都是地球人，一定是有什麼別的原因。

小白想了想問，「為什麼他不能再回賽德維金了？」

艾爾和蘭尼對視一眼，都露出讚許的笑容。顯然小白的問題擊中了重點。

艾爾轉轉手邊的玻璃杯說道，「叔叔到地球沒多久，就遇到主動向他示好的女性。」

蘭尼接道，「單純善良的親王當然接受了這位女性的求愛。」

「說得那麼美好幹什麼，」艾爾嗤笑一聲，「其實就是跟人家一夜情然後第二天早上發現自己被拋棄了。」

「可以想見，對於來自一個伴侶一旦確定關係之後彼此忠貞不渝的星球的人來說，這是多麼可怕的、不，簡直是毀滅性的打擊！」蘭尼不滿。

艾爾輕咳一下，繼續說道，「對於叔叔的後代統統失去賽德維金人的特徵，我們的生物學家起初認為這可能是由於繁殖對象的智商和我們相差太遠造成的，但後來的研究發現，智商的差距只是其中一方面。地球女性和我們所生的後代，的的確確有可能繼承雙方的基因優勢，但只能在一種情況下發生，那就是——」

艾爾大聲宣布，「愛情！」

蘭尼的說法比較科學，「要在雙方的腦電波十分契合時才行！」

對於這種神棍的結論，小白迂迴的質疑，「怎麼得出這樣的結論的？你們做實驗了？」

「沒錯。」艾爾點頭，「我們的物種一旦確定關係，除非一方死亡，否則會維持一生。當伴侶之間的默契隨著相守時間增強，經過了千萬年，才進化出了不用語言可以直接用腦電波傳遞資訊的能力。其實，這種情況在地球也有出現。你們的腦電波十分微弱，只有智商高於某個數值的人或者經過長期冥想訓練的人腦電波才會強一點。研究員們推論，如果受精卵在孕育的過程中沒有不斷接收父母雙方十分契合的腦電波，那麼孩子就不具備賽德維金人的特徵……」

艾爾嘆口氣總結，「我叔叔已經不再相信『愛情』這東西了，所以，這樣的他不願再回母星了。」

菲力浦親王的死忠粉絲蘭尼沉痛掩面。

「現在妳知道了，篩選的基本原則有兩個：較高的智商，以及對愛情的信心。附近聚集了擁有這兩個條件的適齡女性，所以我們在這裡建立了基地。基地建立後常駐人員就可以進行進一步的篩選了。」艾爾指指蘭尼，「具體的篩選辦法和過程都是他負責的。」

小白嘆氣，「在我看來這只是個圈套，哪裡有什麼『篩選』啊？」

我只是被便宜房租引誘了。

不知是不是感受到她的沮喪，蘭尼的語氣幾乎是在安慰，「不是每個女孩子都能進入艾爾弗蘭德1號的。從妳來到山下爬臺階開始，妳已經進入艾爾弗蘭德1號的範圍了。妳的磁力場適應力、空間方向感、邏輯分析能力、健康程度、基因適配度等等，都會得到徹底的調查。」

那又怎麼樣呢？我只會想到一隻小老鼠為了一小塊乳酪走鋼絲鑽火圈一路披荊斬棘終於喜孜孜的爬進籠子而已。

值得欣慰的是，把小老鼠抓住的人並不想剝奪牠的生命。

賽德維金人並沒有強迫女性的意圖和習慣。想到這裡，小白坐正，對著艾爾說道，「艾爾弗蘭德殿下——」

「是！」艾爾立刻以標準的皇族風度站起來。

「殿下，我們第一次正式見面時，您對我說的那些話，」就是穿越星辰大海億萬光年之類的，「我可以理解為您是在向我求愛嗎？」

「當然！」艾爾的臉紅了，瞳孔也出現輕微的擴散，「當然是！妳是要給我回覆了嗎？」

「是的，」小白也站起來，「我拒絕。對不起，我會盡快搬出去的。」說著她拉開椅子走出廚房。

小白直直往樓上走，故意不等艾爾的回覆。然而踏上幾階樓梯，她還是忍不住回頭。失魂落魄的艾爾殿下正仰望著她，俊美的臉上是種她從沒見過的表情。

他大概從來沒有被真正的拒絕過，所以才會有這種混雜著迷惑、失望、難過和不可置信的神情。

她莫名的想起，有一年暑假她和媽媽在某個義大利小鎮上的小教堂裡看到的斑駁壁畫，那上面有不知名的藝術家所畫的一位持劍大天使，他正在被無情的時間吞噬，可又讓所有見過他的人永遠無法忘記。他臉上那表情和艾爾此刻相似。

關上房門，她靜靜在黑暗中站了一會兒，眼前還有他那雙綠得像薄荷糖一樣的眼睛。

第9章

仙貝和宇宙大和平

在精神極度疲勞的小白熟睡時，蘭尼正在自己的房間裡小聲歡呼。艾爾殿下終於解除長達六個小時的通訊阻隔，和特遣隊聯繫上了！

盧斯收到蘭尼的「彙報」後幾乎要喜極而泣，「就是說通訊波被阻隔只是個小意外，而王子殿下現在一切正常？並沒受傷？」

「這個嘛……」蘭尼打量坐在地上的王子。

艾爾抱著雙膝，額頭靠在膝蓋上，蜷成一團。這明顯是受到了很深的傷害啊。

衡量一下，蘭尼判斷道，「生理上一切正常。」

盧斯長長呼口氣，「太好了，我立即向首輔大人報告並通知其他隊員。你們知道嗎？首輔大人那位唯恐天下不亂的參謀已經建議出動金色戰隊，對卡寧星系在地球上的常駐地進行戰略占領。」

蘭尼皺眉，「趕快叫他打消這個主意。那傢伙還是抱著『先全面占領地球再說』的想法嗎？我族的繁榮大業會被這種人影響的！而且，我們這次的任務已經成功一半了！」

「什什什麼！」盧斯激動得結巴了。

「王子他──他一見鍾情了！」蘭尼眉飛色舞，「一見鍾情都不足以形容他對目標的喜愛程度，簡直就是對著人家發花痴，只差沒流口水了！」

「等等，目標人物對他的觀感怎樣？」

蘭尼想了想說，「呃……應該說，不討厭吧。」

「不討厭?!蘭尼你說小白不討厭我嗎？」一直縮成胎兒狀發呆的王子抬起腦袋看著蘭尼，「不討厭的意思就是『差一點點就喜歡』對吧？嘻嘻嘻嘻～」他雙手抓著自己的兩頰，彷彿要證明自己不是在做夢似的用力捏了捏，發出一陣意義不明的傻笑。

艾爾臉頰泛紅，做夢似的小聲喃喃，「我發現我被小白看著的時候，就充滿了想要吃仙貝和渴望宇宙大和平的衝動。」

鑒於笨蛋殿下一直處於精神恍惚的狀態，蘭尼獨自向盧斯彙報了他們交談的細節。

儘管盧斯說過不管笨蛋再做出什麼都不會讓他驚訝了，但聽到王子以那套「愛情建立在誠實與互信的基礎上」的言論，把賽德維金男性對地球女性的生物電過敏的事透露出去，他還是沉默一下，用雙手握拳支住自己越來越沉重的腦袋。

「也就是，說我們唯一的『弱點』已經暴露了？」

「沒錯！」蘭尼點點頭，「所以聽完這些之後她毫無顧慮的拒絕了笨蛋，然後跑去睡覺了。」

說完，他壞心眼的對著艾爾舉起拇指，「你幹得真不錯！」

艾爾這時從粉紅色的夢境跌回灰暗的現實，他突然想起了什麼，本來半瞇著的眼睛猛然張大，眼神瞬間渙散，然後，撲通一聲毫無形象的癱在了地上。

「哦哦蘭尼，小白說她要搬走！要搬走！怎麼辦？」笨蛋殿下無意識的用手指摳著地毯，「和艾爾從小就是好朋友的蘭尼和盧斯，一定能夠想到什麼辦法不讓她搬走的對不對？」

蘭尼和盧斯：「……」

這個混蛋。

蘭尼嘆了口氣，「好了好了，你的好友我已經想好幾條對策。小白她不會搬走的。」

「真的？」艾爾立即精神奕奕的坐起來。

「真的。」蘭尼又長長出口氣，「不過你要給我記住，地球女性是非常狡猾的，即使像小白這種看似單純的女孩，明白嗎？」

「……」笨蛋用死魚眼看蘭尼，「說得具體點。」

「比如剛剛我試著阻止你透露賽德維金人來地球之後遇到的事，她對你說『如果為難就不要告訴她』，對嗎？」

艾爾點頭。

「聽好了笨蛋，」蘭尼諄諄教導，「這是地球女性想要從異性那裡獲取資訊時的一種方法，利用別人的自尊心和控制心理積極的一面，最終達到自己的目的。你被玩弄了，懂嗎？」

盧斯插話，「地球的女性有時會對異性施展性魅力，進而取得她們想要的情報和物資，而非像我們的女性那樣坦率的透過武力競爭。地球人把這種綜合個人魅力和心理戰術的策略稱為『美人計』。」

蘭尼補充，「沒錯。剛才小白對你用的就是美人計中最常用的招數，俗稱『套話』。」

抓抓腦袋，艾爾「嗯嗯」了幾聲，有點不好意思，「可是我好像很喜歡被小白使美人計和套話呀。」

盧斯：「……」

蘭尼：「……」

「蠢貨！」

「已經開始在用下半身思考了嗎？」

「你這蠢貨到底是怎麼當上第二軍總指揮官啊？」

「如果小白叫你對我發射光波你會照做對吧？對吧？」

「她不會的。」被同伴炮轟的艾爾沉靜而自信，「我知道，她不會。就像我知道她不會利用你們的弱點。」

「你怎麼知道的？」

「我就是知道。」

「那是怎麼知道的？是因為和人家一起泡在生物分子傳送器裡了嗎？」

「反正我就是知道。」艾爾哼一聲把頭扭到一邊。

盧斯揉揉痛得一跳一跳的太陽穴問道，「現在，跟我說說『一起坐在生物分子傳送器裡』是怎麼回事？」

「嗯。你該想像得到，收集系統和生物分子傳送器發生共振，所以……」蘭尼瞟一眼又在夢幻微笑的艾爾，「小白掉進了分子傳送器裡。」

「……」盧斯雙肘放在桌上，用掌心托著額頭，「你們兩個，到底有沒有意識到艾爾弗蘭德計畫正面臨徹底完蛋的可能？艾爾當時處於完全的分子狀態，在那種環境下，她的基因也許已經以某種方式侵入了艾爾的身體；也有可能相反，她吸收了艾爾的分子，產生了未知變異！」

「……」蘭尼懷著微弱的希望看向艾爾，卻憂傷的對上艾爾向他發出的「現在看你的啦！」的信任目光。

於是，他只能硬著頭皮對自己的上司說，「事情已經發生了。我會馬上對艾爾進行基因檢測，明天早上會說服小白讓她也進行基因檢測。」說到這裡蘭尼愣一下，笑了，「哈哈，實際上我們可以趁這機會讓她留下來！」

第10章

與外星人的同居生活

第二天清晨六點，小白被輕柔但很有節奏的呼喚和敲門聲吵醒了。

「小白，妳醒了嗎？」蘭尼壓低聲音再次呼喚。

「什麼事？」她打開門。

「哦太好了妳醒了。」

「……」被你那樣呼喚十幾分鐘後只要不聾誰都會醒的。

蘭尼露出柴犬樣的討好笑容，「那個……恐怕要拿一些妳的血液樣本。」

「做什麼？」

「昨天晚上對艾爾的樣本做了測試，他有點生病了，而且……」蘭尼乾笑幾聲，「嘿嘿嘿，那個，妳也有可能被他傳染了。」

「……」

果然還是異形！

小白下意識的把手捂在胸前。

「為什麼不早說？」

都過了好幾個小時啊！等一下我吃早餐的時候，小異形就會從我胸口跳出來，然後轉動腦袋「嘎——」的張開嘴巴跟我打招呼啦！

「因為妳在睡覺啊。」蘭尼一臉無辜。

小白絕望的閉上眼睛幾秒鐘，又不得不直視鮮血淋漓的現實，「被感染的話，最糟糕的情況會怎麼樣？」

「呃，不一定。」蘭尼垂著腦袋對手指，「比較輕微的，像艾爾那樣，他只會偶爾覺得呼吸不順暢或是心悸。最糟糕的情況可能會呼吸衰竭，伴隨著心悸，各個器官會逐一衰竭，免疫系統完全崩潰。但是妳別擔心，這種病有潛伏期，通常是一年左右。」

小白盯著蘭尼的臉，不信任的說，「……你又在騙我嗎？你想用這個理由讓我留下來對不對？」

「我……對不起。」蘭尼的頭垂得更低了，「我是騙了妳，但是……」他一點點抬起腦袋，但目光始終不敢和小白接觸，「我來到地球已經十年了，從二〇〇二年八月二十四日十六點四十三分開始，除了每週向盧斯彙報，平時幾乎沒有任何人和我交談。」

聽到這些話，小白想起蘭尼那時對她說的「因為很想有人來住」。他的話裡到底有沒有一點真實的部分呢？

如果有那麼一點點是真的呢？

最終，她嘆口氣，「告訴我怎麼做。」

蘭尼取出一個打火機大小的小金屬盒，讓小白把食指放在上面。「滴」的一聲輕響，血液被取走，小金屬盒上的一個小紅點開始緩慢的閃爍。

幾分鐘後，蘭尼帶著小白來到他的房間，他床頭的牆壁早就去除了偽裝，露出一面光亮巨大的顯示幕，上面有一組組她看不懂的文字和圖形不斷變換閃爍。

「妳的免疫系統沒事，所以……」蘭尼疑惑的看著她，「是妳，感染了艾爾。」

「嗯？」

啊啊啊啊——英俊的外星王子穿越億萬星辰來相親結果感染了地球病菌嗝屁了！

小白強忍住扯頭髮的衝動不敢置信的問道，「你們怎麼會被我們這種弱小的物種感染?!」

「你們不也經常被比你們弱小的物種感染嗎？」艾爾不知什麼時候走了進來。

咦這是六塊腹肌嗎……小白愣了一下馬上轉開臉對蘭尼大喊，「你們星球的人沒有穿衣服的習慣嗎?!」

蘭尼看一眼艾爾，又轉過去看小白，一臉不知道哪裡出問題了的表情，「他不是包了條毛巾嗎？」

等她梳洗更衣完畢，蘭尼和艾爾已經開始吃早餐了。

小白走進廚房，蘭尼把放著烤麵包和煎蛋的盤子推到她面前。

「雖然……現在看妳是沒什麼問題啦，呵呵，」蘭尼又推給她一杯鮮橙汁，「可是因為妳和艾爾一起泡在分子傳送器的培養液裡，所以說不定妳的身體已經發生了什麼變異。」

「變異？」小白徹底沒食欲了。

她主修分子生物學三年，知道基因變異會出現什麼令研究人員尖叫歡呼、隨時準備發幾篇論文的狀況，可一旦變異發生在自己身上就沒那麼令人激動了。

「會是什麼樣的變異？」

「不知道。因為這種情況對我們而言也是第一次發生。」

星球不同，物種不同，但蘭尼和艾爾此刻同情的表情卻是和地球人相同的。

「不管是什麼情況，我們都會對妳負責到底的。」艾爾試圖安慰她。

蘭尼恨鐵不成鋼的瞪艾爾一眼，輕聲說，「他的意思是，最多出現一些類似視覺色差、聽覺、嗅覺的異常，妳也可能會聽到一些賽德維金人用通訊波進行的交談——雖然我們還不確定妳是不是能接受通訊波，這可能性不大。就算是我們也要經過學習才會使用通訊波和光波，就像嬰兒學習語言一樣。」

小白暗自鬆口氣。

遞給她一份鬆餅，蘭尼又小心翼翼建議，她是否願意繼續住在艾爾弗蘭德1號，這樣可以方便觀察她的情況，如果萬一變異真的出現也可以及時進行治療。

我已經沒別的選擇了吧？如果真的出現幻聽幻覺之類的，比起被抓進精神病院，我還寧願和一群外星人在一起。

「觀察期最多是一年。」蘭尼歉疚的撓撓頭，又給小白遞一片塗好果醬的麵包，「聽起來像是我們找了個理由逼妳留在這裡，但是真的不是啊。」

蘭尼捧起自己的咖啡杯，「所以能不能請妳不計前嫌幫助我們繼續艾爾弗蘭德計畫啊？」

雖然用的是問句，但是無論是語氣還是表情，都絲毫不抱希望了。

小白皺眉問，「怎麼幫？」別跟我說幫忙和艾爾生個孩子吧。

「既然妳已經知道了艾爾弗蘭德計畫了，能不能請妳做為顧問幫助我們呢？幫他多認識些女孩子，教他地球的禮儀習俗之類的。」蘭尼托著下巴看向小白，「當然是有報酬的。妳想要什麼，在我們能力範圍之內的，我們都會儘量滿足。」

小白看看艾爾。他正用無可挑剔的餐桌禮儀進餐，對她和蘭尼的談話充耳不聞。

嗯，其實仔細看看，這傢伙長得也還挺可愛的嘛～這張臉配上他的八塊腹肌應該不難找到交配對象……呸！什麼啊我被他們給同化了！是女朋友！對，女朋友。

替中二青年找個女朋友，讓他發揮旺盛的多餘精力，就不會整天想著奇奇怪怪的事情，以及到處裸奔著求愛了。

「報酬就不用了。不過，我想知道你們之前為什麼沒有想過讓艾爾殿下像菲力浦殿下那樣自行尋找配偶呢？」

蘭尼斜著眼看艾爾，發出兩聲古怪的笑聲，「因為他說大多數地球女性的眼神讓他聯想到食腐動物。」

小白也笑了，「我很想看看那是種什麼樣的眼神。」

「妳很快就有機會了。」艾爾放下刀叉說道，「因為特遣隊已經連夜安排好相關事宜，沒多久我就要去生物系報到了。」

「……咦？」

第１１章

列支敦士蘭的騙局

隔天，小白陪著艾爾一起去學校。系主任奧貝托・吉爾瓦尼站在生物系大樓門口焦急四處張望。似乎是已經發現了他們，他迅速奔過來了。

跟在他身後的是系祕書蘿絲・布坎南。

「殿下，您真的就這樣自己來了啊？哎呀王子殿下果然是平易近人啊！呵呵呵，博瑞先生要求我們不做特別的歡迎時我還一直以為他在說笑呢。」

系主任以小白前所未見的親切態度向艾爾說話。

「王子殿下要先參觀哪裡呢？哪裡都可以啊！咦？」這時教授才發現一直站在旁邊的小白，「咦，蘇？妳也在啊。」

您現在才發現我嗎？難道我不是你眼中「最有希望的學生」嗎？還有「生物系即將升起的耀眼新星」嗎？

顯然，在吉爾瓦尼教授眼裡，星星的光芒根本比不上兩座全新實驗室的資金。

他繼續熱情的和艾爾介紹現在的生物系有哪些領先的研究，而這些研究又是多麼缺乏必要的資金和人才。穿插於這些介紹中的是對王子殿下和殿下母國慷慨無比的感激，以及本大學獲得「希望王子基金」的支援是多麼的榮幸萬分。

他嘮嘮叨叨又說了一會兒，發現王子一直保持著溫和有禮的笑容，但卻對他的話完全忽略。比起大學研究資金不足，二十歲出頭的年輕王子顯然對站在他們不遠處的東方少女更感興趣。

「啊，我來給您介紹一下我們系最年輕有為的學生，」教授揮手招呼著站在那裡不知該不該走開的小白，「蘇！快過來！」

我剛才為什麼不走開！小白極為後悔的走過去。

「蘇，這位是列支敦士蘭的艾爾弗蘭德王子殿下，」教授的黑框眼鏡後面閃著金光，「王子殿下對我們生物遺傳方面的研究很有興趣，所以做為國際交換學生來唸書，妳帶王子參觀我們的實驗室吧！」

說完教授把小白往前一推。

「殿下，這是我們系三年級的學生蘇。雖然才三年級，可是已經和一些博士生一起做研究了，而且還參與發表幾篇很具影響力的論文呢！她可是我們系……不不，是分子生物學界即將升起的耀眼星星！」

小白耳朵熱辣辣的，強忍窘迫、硬著頭皮與艾爾握了握手。

艾爾還在笑，「我們已經認識了。」

「哦什麼？已經認識了嗎？呵呵呵，那更好了！」教授激動的搓搓手，「什麼時候認識的啊？」

艾爾溫文爾雅的笑著不說話。

小白只好壓著怒氣慢吞吞的說，「剛才這位先生向我問路。」

「哦哦那太好了，這就是你們華人說的緣分啊！吼吼吼～It must be fate！蘇，妳今天早上沒課，快去帶王子到處走走吧！吼吼吼～蘿絲請妳先帶王子看看我們的職員表。」

「教授，我今天早上有你的課。」

「我得和校長還有費舍爾教授討論資金的運作，今天早上的課改到下午。」教授和小白說話的時候兩眼還是冒著金光，看到蘿絲已經帶著艾爾走進大樓，他壓低聲音問，「上星期妳不是還在抱怨很多儀器得排隊使用嗎？不是說輪都輪不到妳一個三年級的學生嗎？不是說妳培養的細菌被別人推到保育箱外邊都死了嗎？」

「……嗯。」

「那還不快追上去啊，把殿下服侍好說不定妳以後有自己的實驗室呢，傻女孩！」

「……」

祕書阿姨蘿絲站在大樓門口，正對艾爾介紹系職員表上貼著的照片，她看到一臉不情願的小白，對王子小聲說句「失陪」便走過去。

「蘇，務必要讓王子賓至如歸，知道嗎？雖然人家低調，不願意公布王子的身分，可我們要時刻銘記這一點。」阿姨盯著她，一個字一個字的說。

「那個……蘿絲，王子他，是從哪兒來的？」小白想確定他們沒有被洗腦。

「列支敦士蘭啊！」

「列支敦士蘭？妳知道在哪裡嗎？」

「列支敦士登我就知道。一個有錢的歐洲小國。」蘿絲推推自己鼻梁上的金絲邊眼鏡，「所以列支敦士蘭應該是個更有錢的歐洲小國吧！接下來王子就交給妳了啊！」

她說完對小白露出意味深長的笑。

你們——

儘管十分尷尬，也因地球同胞為了研究資金而賣掉她感到十分沉痛，小白還是帶著艾爾在生物系大樓裡到處參觀。

還好艾爾似乎完全沒有察覺她的尷尬。他對很多東西都很好奇，一直不停發問。小白自然知道賽德維金的科技遠遠領先地球，但艾爾認真看待他們的研究，這讓她覺得他對地球科技並沒有輕蔑的態度。

當小白帶著艾爾四處亂逛時，蘭尼、盧斯和首輔大人進行了一場全息通訊會議。

會議的主要內容自然是討論艾爾和小白見面的過程，以及對艾爾弗蘭德計畫的下一步規劃。

「也就是說——」聽完蘭尼和盧斯的彙報，首輔大人習慣性的把右手按在下巴上，「目標對艾爾的私人情況並不關心？並且，她對於我族科技、文化、風俗等一切也不感興趣？」

蘭尼沉默了幾秒後答道，「恐怕是的。她並沒有主動問及艾爾殿下的年齡、愛好、家庭成員之類的問題，對我族的文字、科技也毫無關心。」

首輔大人的雙手交疊放在桌上，「情況很不妙啊。」

蘭尼和盧斯仔細想想，越想越有種此生已了無生趣、一輩子也回不了家的絕望感。

「暫時繼續讓她帶艾爾熟悉她的校園環境吧。那裡的適齡高智商可繁殖對象的數目應該不算太低，如果發現有其他人選就改變戰略，」首輔大人輕笑一聲，「要是艾爾執著於現在的目標人物……就隨他去吧。所謂的一見鍾情，其實不就是在見面的剎那大腦作出了對方和自己基因適配程度很高的判斷嗎？你們可以檢測他們兩人基因的適配度。」

「已經做過了，」蘭尼有點興奮，「正如您所猜測的，適配度相當高，但是……」他憂心忡忡又困惑，「不知為什麼小白相當決斷的拒絕了艾爾殿下呢。」

首輔大人向依然困惑的蘭尼解釋，「也許她的大腦根據所收集的資訊做出的判斷是——她應該尋找更適合的伴侶。不管怎麼樣，先讓艾爾努力吧，同時要使她對我們的科技和文化產生興趣，地球人對於擁有比自己更高級文明的人通常抱有好感。最後，請你們盡力幫助我可愛的笨蛋弟弟。」

「是！」蘭尼和盧斯一同起立行軍禮。

艾爾跟著小白在生物系轉了一遍，認識了不少人，他對任何人都禮貌的微笑打招呼，但話不多。

小白問，「『希望王子基金』是什麼時候建立的？聽教授的口氣好像是個挺了不起的基金。」

「在叔叔的後代被確定沒有遺傳到賽德維金人的特徵之後，一直致力於資助大學的科技研究。」

「你們真是……考慮周全啊。」小白苦笑。這樣一來就更容易接近高智商的年輕女性了。

猶豫了一會兒艾爾又問，「我……我剛才是否應該道歉？」

小白抬頭看看他，「不用。」

「可妳之前不是還很介意？」

「是哦。」認真想了一下，小白回答，「那種話呢，如果是別人說出來我的確會很介意，可是如果是你的話就不會。」

「嗯？」艾爾愣住。

這、這、這個意思，是說我和別人是不一樣的？我是特別的？

顯然，外星人殿下沒意識到這也有可能是說「都知道你是外星生物了，所以不會用地球的標準衡量你」。

他一廂情願的、美滋滋的跟在小白身後微笑著，再次感受到了想要吃仙貝和渴望宇宙實現和平的衝動。

第１２章

王子的逆襲

參觀完畢，小白把艾爾送到系辦公室，蘿絲已經為艾爾準備好了一個臨時電子通行證，方便他出入學校各種設施。

「您還想參觀哪裡呢，殿下？」蘿絲問。

艾爾看著小白。

小白假裝不知道他在看她，一臉淡漠盯著窗外。

「蘇，可以麻煩妳帶王子殿下參觀圖書館嗎？然後就差不多要吃午飯了吧？本來吉爾瓦尼教授打算請殿下到附近餐廳吃飯，不過，既然殿下很快要入學，那麼還是和同學一起去學校的餐廳先習慣一下比較好吧？」蘿絲的金絲邊眼鏡閃過一道光。

「……」

「蘿絲女士您真是非常體貼又聰慧啊。」艾爾笑得瞇起眼睛，「請您以後務必叫我艾爾就好了。」

「呵呵呵。」

再次被出賣的小白只好帶著艾爾去圖書館。

到了圖書館之後，艾爾對地球人仍然浪漫得無可救藥的保留並使用紙質書的習慣感到不可思議。他先是跟著小白到了生物、化學書集中的六樓，看她借了幾本書坐下來閱讀。

「這裡不可以說話。」小白壓低聲音對他說。

「嗯。」艾爾坐在小白對面，趴在桌子上，隔著寬大的書桌靜靜看她。

雖然艾爾一直沒出聲，可很快小白還是覺得不自在。

不是因為艾爾那種被蘭尼稱為「充滿蛋蛋酮的目光」，而是因為四周時不時有視線投來。

「……艾爾，」小白擠出笑容，「你想不想先到其他地方看看啊？等一會兒要吃午飯的時候我打電話找你。」

沒想到他馬上答應，「好啊。剛好我想到三樓看一些人文方面的書。」

「嗯。那待會兒見。」

艾爾走了之後，那些煩人的視線也沒有了。

也許……艾爾很快就會找到女朋友的。也許比我希望得還要快。

小白微微走神，馬上又把心思投入在書本中。只有在學習、實驗、論文這些別的大學生覺得無聊的事時，她才會覺得平靜。那才是她的歸屬，讓她安然、自在。

做完功課後小白活動一下發疼的脖子，看看時間。艾爾還沒有回來。嗯……放他一個人亂跑真的可以嗎？

不過，既然圖書館沒有廣播要大家緊急疏散，那應該是沒問題的。

小白收拾了一下要借走的書正要離開，一個金髮女孩從幾公尺遠的書架旁撲了過來，「蘇！剛才坐妳對面的那個帥哥是誰？」

小白手裡的書差點被撞到地上，她定定神，發現撲住她的是個很面熟的女生。嗯？我認識她嗎？

「哎呀我是萊絲麗呀，妳的臉盲症又犯了嗎？我們上學期還一起做過一次分組報告呢！」金髮女孩嬌嗲嗔怒，抓住小白的肩膀輕輕晃了晃。

「哦。萊絲麗啊？」小白這才認出同班兩年的同學。

「嘻嘻，」萊絲麗甜甜一笑，「要我幫妳拿嗎？妳借了好多書。」

啊萊絲麗同學今天好熱情。話說上次的分組報告她可沒這麼主動。

小白深知萊絲麗的企圖，她帶著萊絲麗去找艾爾，告訴她艾爾是新來的國際交換學生，母國是個在列支敦士登隔壁的有錢歐洲小國，吉爾瓦尼教授吩咐她帶他到處參觀一下。

萊絲麗跟著小白來到圖書館三樓，沒費什麼勁就找到了艾爾。

小白必須承認，不管是不是異形，艾爾殿下的外貌實在很符合地球的審美觀，無論走到那裡都讓人覺得賞心悅目。

蘭尼給了他一件白襯衫、一件深藍色V領毛衣、一條洗得發白的牛仔褲，還有一雙帆布鞋。這麼簡單的普通衣服穿在他身上，就像是從 Burberry 廣告裡走出來的一樣，隔著衣服都能看出來腰線漂亮得驚人。

艾爾也看到了小白，他平靜而溫和的微笑立即變得燦爛耀眼。他輕輕說了句什麼，分花拂柳般從那幾個女孩的包圍中走出來。

女孩們愣在原地，目光仍然追著他。

「小白～」艾爾把她手裡抱的幾本書接過來，「我的臨時學生證可以借書嗎？」

「應該沒問題……吧。」小白看著他手裡那本《中華婚俗》。還沒放棄嗎？那隨便你。

「小白妳餓了嗎？我餓了。」艾爾摸摸肚子，有點不太好意思，「妳有不列顛的貨幣或是電子付費卡嗎？蘭尼忘記給我了。」

「有。」小白簡短回答，介紹身邊的萊絲麗，「艾爾，這是萊絲麗．文頓，她是我的同班同學。」

這時艾爾才注意到小白旁邊還站了一個人。他露出迷人微笑跟萊絲麗握了握手，「我的姓很長，所以就叫我艾爾．伯恩斯坦吧。或者叫艾爾就好。」

萊絲麗是不是快要流鼻血了？看到她雙頰發紅手發顫的樣子，小白有點想笑。

他們互相客套幾句，借了書，一起去學生餐廳。

一路上萊絲麗不停問艾爾各種問題，從哪裡來啊、家裡有什麼人啊、會在這裡待多久啊之類小白一點也不感興趣的問題。

學生餐廳和以往一樣，人很多，位子很難找，食物很難吃。

和蘭尼一樣，艾爾對食物有很高的要求，他要了茄汁肉丸義大利麵，吃了幾口就放下叉子。

這種人口密度大、流動速度快的地方，別名叫八卦集散地。艾爾在地球學校生活的第一天還沒結束，就已經成為小有名氣的人物。

幾乎整個生物系的女生都知道有個金髮長腿的國際交換生來了，他帥得讓人體內的雌激素指數飆升，而且從他的言談舉止推測，直男的機率幾乎是百分之百。

到了下午六點補上吉爾瓦尼教授的課時，來的人竟然比平時還多，能容納三百人的階梯教室幾乎座無虛席。

艾爾坐在小白給他安排的座位，被從四面八方投來的無禮目光弄得越來越暴躁。

自他出生以來，很少有人敢這麼看他！

賽德維金帝國最強的戰士！將雄霸基里星系上百年的伯恩斯坦海盜剿滅的艾爾弗蘭德——正在被這種放肆、無禮、貪婪、好似食腐動物的眼神肆無忌憚的騷擾！

課間休息時，艾爾本想和小白說幾句話，可是小白在教授說「休息十五分鐘」的下一刻就抓著畫滿各種注釋的講義跑向講臺，把他扔在一群食腐動物中不管了。

那種好像食腐動物在用舌尖舔他的可惡眼神頓時Max！

忍耐。蘭尼說要低調。要低調。絕對絕對不能做出可能嚇死她們的舉動。

蘭尼和博瑞費了很多心力才為他取得了和小白長期相處的機會，不能因為這些無禮的目光而斷送。為了賽德維金人的繁榮大業，忍受一時之氣。

這才是真正無畏的勇士所為。

忍……忍……忍不住想要掀飛整個教室啊！

眉頭緊皺的王子猛然回頭，怒視後排那幾個從上課開始就一直盯著他嘻嘻笑的女生。

彷彿裝著一千隻嘎嘎亂叫的鴨子的教室瞬間安靜了。

十五分鐘的課間休息結束，吉爾瓦尼教授走進教室，立刻發現人少了好多，只有不到一半的學生留下來。

教授愣了一下，繼續口沫橫飛的講解癌細胞、傳導介質和肽鏈。

小白直到下課都沒發現萊絲麗提前走了。

當然，她也沒發現，從艾爾坐的那一排向後，每一排都空了。後半個教室，只坐著他一個人。

第13章

人氣，能吃嗎？

回到艾爾弗蘭德1號，小白和艾爾都對蘭尼說第一天的學校生活很成功。從各種意義上來說。

小白想：太好了，這樣他很快就會認識很多適合的女生，然後挑一個繼續艾爾弗蘭德計畫吧。

艾爾想：太好了，原來只要用那種程度的暗示就能讓食腐動物們走開，以後我可以專心和小白培養感情啦。

直到一週之後小白才發覺，原先對艾爾很有興趣的女生，只要遠遠看到他出現，就會一副看到大猩猩似的迅速逃逸。

對於艾爾的受歡迎程度慘跌，小白感到十分憂心。她先找到麗翁，想知道是不是有什麼不利於艾爾的傳言。

麗翁同學沒有看到艾爾的秒殺眼神，因為艾爾被蘭尼提醒過，麗翁是小白的朋友，所以給予她特別優待。

不過呢，所謂的特別優待，用麗翁的話來說：「艾爾能看的只有那張臉而已。而且認識久了就會發現他其實有雙死魚眼。看人的時候眼珠完全不會轉動、對你講的任何話都無動於衷、好像在考慮要不要乾脆開始挖鼻孔的死魚眼。」

小白為艾爾說話，「可是艾爾的睫毛很長很翹啊。」

「長著漂亮長睫毛的死魚眼還是死魚眼。」麗翁繼續抱怨，「還有，他只有第一次和我見面時表現得有禮貌又可愛，接下來都是愛理不理的。」

「……是這樣嗎？」

「沒錯。所以對他沒興趣了。我喜歡活潑的男孩子。」

那麼，萊絲麗呢？

又過了兩天，小白終於有機會在廁所遇見了萊絲麗。她堵住要逃走的萊絲麗，「為什麼妳最近一看到我就跑啊？不，其實我是想問，為什麼妳不理艾爾了？」

萊絲麗抖了一下，盯住自己的腳尖解釋道，「對不起，蘇，我不是見到妳就跑，我是害怕艾爾啊。」

萊絲麗用一種草食動物被獵豹瘋狂追趕時才有的眼神看小白。

「妳沒看到？現在全系敢和他說話的女生只有妳了！那天他在老吉的課上回頭瞪了大家一眼……」說著她又抖了一下，「看過電影《異形》嗎？流著能腐蝕鐵板的強酸性口水的異形，被他盯著就是那種感覺！」

小白還在努力回想異形的眼神時，萊絲麗已經逃掉了。

當天晚些時候，在圖書館，小白看著自己書上的化學分子式，忽然轉過頭看坐在她旁邊的艾爾。

小白看著艾爾側臉的線條，還有他翹翹的長睫毛，實在想不明白這樣子的艾爾為什麼會讓人害怕。

艾爾表面無動於衷，但其實立刻就察覺到小白的目光，他的心怦怦亂跳了幾下，耳朵漸漸發熱。

哎呀呀～她在看我！在看我！還是用這種眼神。

難道已經發展到蘭尼所說的地球愛情的第一個里程碑了？這麼快？

深情的凝視之後，是不是就該「那個」了？

這麼快就到這個階段了嗎？

他竭力保持平靜，轉過頭對上小白的目光，「小白……妳、妳有什麼事嗎？」

妳這是想要和我接吻對吧？

「請你做一個凶惡的眼神！」

「……啊？」艾爾愣住。

「瞪我一眼！」

不、不、不是要 Kiss 嗎？戀愛旅程中的第一站？

艾爾的目光游移在小白的嘴唇和眼睛之間，依依不捨。

「這樣嗎？」艾爾斜睨小白。

只有這點程度嗎？「再用力一點！凶狠一點！」

「這樣？」

小白皺眉，這眼神算什麼凶惡啊？這明明是廣告裡男模裝酷的眼神。如果看得仔細點，他的瞳孔裡還有小小的火花。這有什麼攻擊力啊？

她轉過頭，有點不解和憂傷。

為什麼萊絲麗她們忽然都不喜歡艾爾了？難道真的像那些外星人說的，地球的女性對「喜歡」這件事一點都不嚴肅，她們的愛慕來得快也去得迅速，並且都毫無理由。

看來要為他找個配偶還要等上好一陣子。

蘭尼不是自從二〇〇二年就來了嗎？這十年間，連我在內他好像也只找到兩個人。

想到這裡，小白惆悵的嘆口氣。

艾爾垂下頭。看來蘭尼說得沒錯，我之前把求偶想得太簡單了。

蘭尼那傢伙傳給我的教材我到底扔在哪個儲存格裡了？啊啊，該不會是在分子化的時候被當作暫存被清掉了吧？真糟糕，直說的話蘭尼一定會氣得半死。雖然他生不生氣我不在乎，但如果他把這事告訴哥哥的話……

在地球，戀愛已經演變為最複雜、精妙的遊戲，有許多約定俗成的規則，但有些時候任何規則又都不適用。

而在賽德維金星，這個遊戲卻通常只有幾個步驟：尋找、發現對象、提出交往、掃平情敵。基本上，戀愛的過程就是：

「你愛我嗎？」

「愛！」

「那就來一起生孩子吧！」

「呀嗟～」

這麼說來，其實艾爾同學第一次見到小白時，遵循的完全是傳統的賽德維金方式啊！

接下來幾天，對地球戀愛遊戲幾乎毫無所知的艾爾同學，每天上課都攜帶著各式愛情小說。

☽ ☽ ☽

過了一陣子，小白發現同學們看她的眼神充滿了敬意，偶爾還有同情。這是怎麼回事？

在廁所再次堵住了幾個女生，小白試著為大猩猩王子說好話。「其實相處久了妳們就會知道艾爾人很溫和的。」

「說的也是。他對誰都很有禮貌。但是一想起那種眼神，我就覺得自己的頭蓋骨要保不住了。」同學A停止洗手，「不行，我突然覺得我需要再去一次廁所。」

同學B推開隔間的門加入討論，「艾爾對他不是特別喜歡、或者他認為沒有必要記住的人，都會禮貌性的忽略。說實話，妳也差不多啊蘇，所以才能和他相處得不錯吧。」說著她從包包裡拿出睫毛膏補妝，和小白在鏡子中對視著，「你們其實都懶於應付你們認為不重要或者不值得注意的人。」

「我、我是這樣嗎？」小白沒想到她自己給人的印象是這樣。

「不是嗎？」同學B擰緊睫毛膏丟進包包裡，「說出我的名字，現在！」

「呃……」

「看吧！」同學B聳下肩，「我這學期修了心理學！行為分析這門課挺有趣的，妳可以考慮下學期修修看。」

「蘇，妳有臉盲症，都三年級了可妳到現在都還不認得同班同學。」同學A又從隔間走出來。

小白愣在那裡，怔怔看著鏡子裡的自己。

小A和小B走出廁所，突然聽到小白大喊，「等等！」

她們轉身，衝出來的小白指著同學B，「珂洛依！妳叫珂洛依！」

「吶……」小B極為無奈，「是珂麗歐啦！」

小白在她們的笑聲中頹然垂頭。

走廊的轉角處，小A問小B，「妳為什麼逗她啊，珂洛依？」

小B珂洛依嘿嘿笑起來，「看到她那樣子妳不是也笑得很開心嗎？」

「是哦。難得看到資優生那個模樣。好像考試拿了零分的小學生。」

「好可愛呀！」珂洛依像抱起一隻貓咪一樣抱住自己的書包，「剛才幾乎忍不住想這樣抱抱她呢～」

「哈哈哈～」小A拍拍珂洛依的後腦勺，「大猩猩會拿走妳的頭蓋骨的！妳沒見過他看她的眼神嗎？」

「啊……真是直白熱烈。誰會不知道啊，大概只有蘇自己不知道。」

小A搖頭，「我看未必。一定已經知道了並且拒絕了。」

「也對。想想看，連馬可都被她拒絕了呢。」

「可憐的馬可～人家好想你！」

小白站在女廁所外面的走廊，呆了一會兒，才慢慢走回自習室。

她仔細回憶了一下她所認識的同班同學，臉和名字能夠準確連結的，好像只有從一年級就認識的麗翁、總是負責班級雜務的理查，還有就是前不久再次重新認識的萊絲麗。

也許，在大家眼裡我也是大猩猩。

第１４章

情敵現身

艾爾表現得和大學裡無數神遊物外的普通學生沒什麼兩樣，在課堂上看小說、戴著耳機聽音樂、偶爾聽講，對於老師們的冷笑話要在周圍同學的笑聲中才露出「為什麼我聽不懂」、「笑點在哪裡」的表情。

艾爾對這種生活基本上感到滿意。

他可以整天跟著小白。從艾爾弗蘭德1號一起走路上學，一起在教室聽課，一起去圖書館自習、看書，甚至可以跟著她去實驗室，看著他小巧可愛的碳基未婚妻（？）用極度嚴肅認真的表情，做一些在他看來科技程度好像小孩子堆積木一樣的實驗。

當然，他可不是來地球度假的，艾爾也得工作。他留在卡寧星系的戰事不能就此擱置，必須由他進行收尾。卡寧星系的人還不知道他來了地球，一定要在他們發覺之前把局勢定下來……

沒錯。當艾爾同學看起來像是在對著黑板化學方程式發呆或是戴著耳機聽音樂的時候，其實，賽德維金最善戰的指揮官之一、曾經憑一己之力逆轉戰局並完成許多星球征服戰的第二王子艾爾弗蘭德，正在透過自己的通訊波指揮卡寧星系的戰鬥。

嗯。在享受美女（？）陪伴的同時享受戰鬥的樂趣，人生很少會有比這更美妙的時刻了。

卡寧星系的戰局取得了絕對優勢同時，艾爾期待著他在這顆平均戰力不到5的藍星上的求愛之旅也將漸入佳境。

……他可能錯了。

那個下午，艾爾像往常一樣帶著本英文愛情小說，跟在小白身後去圖書館的自習室，在一個偏僻的角落坐下。小白寫她的報告，艾爾戴著耳機看他的書。

多麼美好的生活啊。

當艾爾通過通訊波指揮一場小型殲滅戰時，他感到四周氣場有輕微的波動。

通常什麼重大的人物出場時，人群就會散發出這樣的波動。不過，鑒於小白的氣場很平穩，仍然劈里啪啦的敲打著筆電鍵盤，所以他沒有分神去觀察究竟這個了不起的傢伙是誰。等他的戰役進入掃尾階段，他才發現這個引起波動的傢伙已經跑到他附近了。

「猜猜我是誰？猜錯的話我就要吻妳了哦～」

小白聽到這個甜膩膩的聲音時，眼睛也被一雙手蒙上。

她悶悶呼口氣，「馬可！把手拿開！」

「錯了唷！再給妳一次機會。」聲音的主人說著，右手的無名指和小指已經滑到了她的唇角，「再猜錯的話，我就要……啊唷！小白妳咬我！」

小白轉過身。果然，變態馬可正握著自己的手指笑得不懷好意。

「我猜對了，你可以走了。」真是煩人，這麼快就從羅馬回來了。不過也好，上次他配的那個化學試劑很好用，她想問問配方呢。

「猜對了沒有獎賞怎麼行？」變態捧起小白的腦袋，對著她頭頂茸茸的頭髮響亮的親一下，「哦，香噴噴的小白有想念我嗎？」

小白才剛打開他的手，就聽到「砰」一聲，艾爾的椅子摔在地板上，可憐的輪子骨碌碌的亂轉。

從地上緩緩爬起來的艾爾，他的腦子也在嗖嗖亂轉。

「……妳怎麼能讓他親妳？」艾爾的聲音低沉克制，可是語氣裡包含了質疑、哀怨、傷痛等沉重的成分。他雙眼泛紅，一臉被傷害被欺騙被玩弄了感情被糟蹋了純真的表情。

「他是誰?!小白！他是誰？我才離開三週！三週而已！」被指控的人反而更激動，馬可怔怔看了艾爾兩秒鐘，用受傷害的表情質問。

小白皺著眉閉上雙眼，再次悶悶呼口氣。

「他是馬可・藍佩洛。」她闔上筆電對艾爾說，又轉過身介紹艾爾，「他現在叫艾爾・伯恩斯坦。」

她說著迅速收拾好東西。「你們自己解決吧。」

我得趕快把實驗報告寫完，不能陪這兩個傻瓜在圖書館丟人現眼。已經開始有人往這邊看了。

小白懷著這個念頭衝了出去，把一臉不服的對望著的兩個傻瓜丟在原地。

「你到底是誰啊，新來的傢伙？我不在小白身邊時趁虛而入也就算了還敢批評她！」馬可斜著眼瞪艾爾，「就算她不負責任也只能被我說。」

艾爾打量面前的青年，不屑的「哼」一聲，「你又是誰？小白說她沒有男朋友。」

「啊？她怎麼能這麼跟你說？」馬可被戳中痛處，「即使是真的，也不能隨便對別的追求者這麼說啊！這不是等於把我放在和你這個新來的一樣的地位嗎？」

他的聲音越來越低，捂著胸口，靠著牆角蹲下來坐在地上，然後痛苦的「哎唷」了兩聲。

艾爾看著他的「敵人」，先是想追擊幾句，不過，當人家抱著膝蓋把腦袋放在膝上，他到了嘴邊的話又變成……「喂，你怎麼了？就這種程度也敢追求小白。」

馬可仰起頭，說，「我好餓。從機場出來都沒回家就跑來圖書館看她，唉。對了，你有錢嗎？」

「嗯？」

學生餐廳裡，艾爾把裝著可樂的紙杯握在手裡轉著，瞇著眼睛打量坐在他對面慢吞吞吃東西的傢伙。

哼。為了弄清敵情才給你食物的，雖然怎麼看你也不會是我的對手。

切。長得還算不難看，不過男人光憑外表是不可能贏得異性青睞的。

哼。就算你認識她的時間比較長又怎麼樣，還不是沒成功。

哼。就算你也是金髮又怎麼樣，小白一定喜歡柔順的直髮，像你這種金色捲毛是沒希望的。哼哼。

「我知道你在想什麼。」馬可抬起頭看艾爾一眼，用叉子捲起義大利麵，「不過你也一樣，就算你每天跟著她也沒用。還有，說不定她就是喜歡捲毛呢。」

艾爾微微抬起下頷高傲道，「我和你不一樣。」

「嗤——」馬可把嘴裡的麵條吞下，喝了口水，「你和我沒什麼不同。你第一次見到她就向她表白，可是立刻就被拒絕了。然後天天跟著她，而她也沒有表現出特別討厭你的樣子，就這麼懷著希望，你又一次被拒絕了。」

艾爾聽到這兒笑了，「聽起來好像你被她拒絕了不止一次。」

「算起來大概被拒絕了上百次了。」馬可又喝口水，「不過，和你一樣，我不會放棄。」

兩人互視了一會兒，一起微笑。

馬可摸出手機按了幾下，轉而遞給艾爾看。「這個呢，就是我從少年時代開始喜歡的女孩。」

艾爾看看馬可的手機，愣住了，螢幕上是一個女孩子的素描，五官和小白有極高的相似度。

「很像她吧？這是一部日本動漫作品的女主角 Iori，許多男孩子的心目中最棒的女朋友。」馬可打開手機中的相簿，更多可愛圖片跳出來，「第一次見到小白的時候，我大喊著 Iori 跑過去了。但是走近了反而覺得不像了，不過——」他托著下巴微笑，「平常面無表情、偶爾大吃一驚的小白好像更可愛呢。」

你到底幹了什麼讓她大吃一驚的事啊混蛋……艾爾不悅的瞇起死魚眼。

「然後我就握住她那雙小小的手表白了。當然，你知道結果的。後來就一直反覆看這部漫畫，也收集了不少同人作品。」馬可說著把一張圖片放大遞到艾爾面前，「啊啊，看到這個就在想，小白如果穿成這樣是不是一樣可愛啊。」

艾爾臉紅了。那圖片上的女孩穿著比基尼泳裝，微微張開嘴唇，眼睛張得大大的，好像有點好奇又有點驚訝。

這個樣子……小白那時也是這樣。

不過……她更可愛。而且也穿得更少。

陷入粉紅色回憶和某些不良聯想中的艾爾，沒捕捉到地球情敵眼中所閃現的狡黠陰險的光。

「我還有H本哦。你要嗎？」馬可傾身過來壓低聲音說。

「H本？那是什麼？」

「天啊你不知道嗎？嘖嘖，寄到你的學校 Email 裡沒問題吧？」

「哦。」艾爾告訴馬可他的 Email，又問道，「到底什麼是H本？」

「H呢，就是 Hentai 的簡稱。」

「Hentai 又是什麼？」

「就是變態的意思。」馬可隨意敷衍，心中暗道，傻瓜，等小白發現你在看這些東西，你很快就會明白這是個什麼詞了嘿嘿嘿。「好了，你等一下看看吧。呵呵。」

對地球二次元文化十分陌生的外星王子，對這種包藏禍心的笑容和語氣卻不陌生，「馬可——我可以叫你馬可嗎？」

「說吧艾爾。」

「你說得沒錯。我的確是一見到小白就立即向她表白了，也和你一樣遭到拒絕。」艾爾嘴角彎起，「不過，和你不太一樣的是，你可以有很多其他選擇，而我，我不會再做其他選擇。所以——」他拿起他的書和平板電腦站起身，「她是我的。」

馬可不甘示弱的想要回嘴，但艾爾沒有給他機會。

「另外說一句，我有個哥哥，比你狡猾陰險惡劣一百倍，所以不管你給我這些東西是想做什麼，你打錯主意了。」艾爾把左手放在馬可肩上輕輕拍一下，「哦，還有，我現在和小白住在一起。」

馬可被這毫不沉重卻充滿威懾的一拍震得無法做出任何反應。當他回過神，艾爾已經走出餐廳大門了。

「什麼叫住在一起啊喂——」

可惜，艾爾已經不見蹤影了。

「哼，你以為就你有狡猾陰險惡劣的哥哥嗎？」馬可嗤笑一聲。

第１５章

被設計的艾爾

散發著王者之氣的王子腋下夾著本愛情小說走出餐廳，繼續威嚴冷峻的走了幾十公尺。

然後──

他迫不及待的飛奔至一個陰暗隱蔽的牆角蹲下，一邊打開自己的平板電腦一邊嘀咕，「到底什麼是H本啊？真是可惡的傢伙！啊……原來這個就是H。唔？嗯～」

賽德維金人早就把光波技術運用到生活的各個方面，從孩童時期每個人就開始使用通訊波和個人光電系統，所以一本幾十頁的H漫艾爾幾秒鐘就看完了。發現自己不由自主的又看了一遍時他仰起腦袋，「哦（嗶──）」

打開自己的通訊波，艾爾緊急聯繫地球的同伴，「蘭尼──」

幾乎立刻就有了回音，「艾爾？這個時候？你怎麼了？」

「呼──」艾爾先長長出口氣，接著說道，「聽著，剛才我遇到了第一個情敵。」

「嗯？地球人？」

「是的。」

「然後呢？」

「好像上了他的當。」

「……繼續說。」

「他給我了一些叫H漫的東西。」

「哦。我知道那是什麼。」蘭尼覺得沒什麼大不了的，在某些方面道德水準低落的地球人幹過的OOXX的事情多了，「然後呢？我給你那些學習資料裡不是很多這類內容嗎？你不是連強迫類的都看過了嗎？就算你沒有真的實踐過，看一些模擬教程總沒錯……啊，我明白了──」

艾爾下意識的按住耳朵。

一秒鐘後蘭尼的怒吼幾乎震破他的耳膜，「——你這傢伙其實什麼都沒看什麼都沒學是吧?!」

「嗯。因為看了兩眼覺得很噁心就沒看，然後分子轉化的時候大概被當做垃圾資料清除了。」

「……」蘭尼呻吟，「那人給你的到底是什麼?給我說清楚!」

「就是H漫。不過上面都是些長得和小白很像的一個女孩子……和一個看不到臉、只能看到下半身的男性。」

「明白了。很容易代入。」

「就是這樣。」

「什麼叫就是這樣!你叫我到底什麼事?!只有這樣的話你就不會緊急聯繫我了對不對?!」

「唔……就是……」艾爾覺得害羞的同時又興奮，「忍不住會想……」

「住嘴混蛋!」蘭尼火大的低聲吼道，「你現在馬上給我回來!」

「嗚~我的朋友蘭尼是不會讓我在小白面前丟臉的對不對?我現在……」

「……混蛋快回來。」哀嘆一聲，蘭尼又提醒，「把毛衣脫下來綁在腰上，還有，襯衫的下襬從褲子裡拉出來。」

「哦。」

「還有，見到小孩子不要跟人家揮手!」

「可是小孩子很可愛啊~」

「住嘴。」

當天晚上小白回到艾爾弗蘭德1號，發現氣氛有些不尋常。空氣中似乎散發著她第一次見到艾爾時聞到的那種類似雨後松林的氣味。躍躍欲試，生機勃勃。可艾爾一直沒出現。蘭尼說他要專心指揮一個什麼星系的戰鬥所以待在自己的房間裡。

「是真的戰鬥嗎?」小白發現蘭尼今晚做的菜色都很清淡，連他和艾爾很喜歡的充滿糖分和脂肪的高熱量甜點也一個都不見了。

「當然是啦。」蘭尼覺得有點好笑，他拿起勺子喝南瓜湯，「這可是關乎你們星球歸屬權的戰鬥。雙方從開戰以來總計投入的兵力不會比地球的總人口少很多。」

「這麼多人?你們不是正在經歷人口危機嗎?還有這麼多人?」莫非這就叫窮兵黷武?!

蘭尼用大人看到小孩子說了傻話時的寬容表情對小白微笑，「幾乎所有的士兵都是生化機械兵，有幾億人，艾爾是指揮官和主將，他用自己的光波控制操作這些部隊和敵人作戰。敵方的情況也差不多，不過他們用的是礦物放射型能源。」

「你們的敵人是誰?」

「卡寧星系聯盟。他們從幾千年前就實際控制著你們這片星系的航行權。不過，很快就不再是了。」

蘭尼意味深長的看她一眼。

「幾億士兵……艾爾一個人控制所有的兵力?所有的?」小白難以想像，「可他看起來只是在玩遊戲啊。」

蘭尼對著牆壁伸出一隻手，他的手心放出一束光柱，他心愛的金髮藍衣銀色盔甲的二次元美少女圖像投射在牆上，「艾爾不是示範過了嗎?賽德維金人從小都會學習使用腦波。雖然你們也有腦電波，但能量低很多。」

說到這兒，蘭尼拿出手機，牆上的投影消失了，美少女的頭像出現在手機螢幕上。

「為了不嚇到你們，艾爾才使用你們的電腦，當然，和我的手機一樣，他的電腦進行了一些改裝。不過，只有大規模的戰役他才會用電腦，小型的嘛，他用通訊波就可以解決了。」

「我明白你們每個人都有功能強大的內置手機和電腦，可我想問的是……」

蘭尼馬上了解小白要問的問題。

「呵呵，是的。這場戰爭中所投入的所有生化兵，都是艾爾一個人控制的。我的光波能量大約只能控一萬名左右的生化兵，所能進行的操作複雜程度也不是太高。我是參謀，可以提供各種戰略上的建議，不過他從來沒聽過我的就是了。」蘭尼說到這兒頗為惆悵，他停頓一下繼續道，「艾爾的光波能量不管是強度、精確性、還是其他標準都是最強的，他甚至可以分化自己的能量，操作各種等級的智慧生化軍官。」

小白呆了一會兒，似乎有點難以消化蘭尼的話。「我還是很難理解。我的印象還停留在艾爾控制遊戲裡的人物打架。」

「呃……就當做艾爾是總指揮官，指揮整場戰役吧。然後這場戰役所需的物資、能源、炮彈等等一切都是他的光波能量。如果艾爾願意的話，他可以用兩隻手把地球轟成宇宙間的灰塵幾千幾萬次。」

「哦。」小白終於點點頭。

原來他真的是能放射雷射的大猩猩啊……

蘭尼看著終於露出一點類似神往和崇拜神情的小白，內心在歡呼：耶！首輔大人的戰略奏效啦！

不過，沒等他欣慰多久，漲紅著臉的艾爾蹬蹬蹬跑進廚房了。

艾爾一出現，小白就感覺到有什麼和平常不一樣。

他身邊似乎有隱形的野獸，散發著極強的侵略性氣息；當他走近時，她的頸項側面感到一陣有點發癢的寒冷，隨即又熱起來，可是她露在外面的手臂，上面的寒毛都站起來了。

「嗯？」小白疑惑的看著艾爾，「你怎麼了？」

艾爾沒有回答她。

對他而言這無疑是十分失禮的行為，可是他突然不能直視她。

艾爾轉過頭看向蘭尼說道，「蘭尼，我決定還是按我的方法來。」

蘭尼絕望抱頭，「混蛋啊！都決定了還跟我說什麼。」

「小白！」

「嗯？」

他怔怔看著她。啊，她的眸子真清澈，黑黑的瞳仁裡能映出小小的我。

艾爾雙手按著餐桌，緩緩坐下，「今天馬可給我了一些東西。」

「馬可？」

「看了這些東西之後我……」他垂下眼皮，臉更紅了，「我……」

蘭尼再次呻吟，「你就要在她面前丟臉了啊，你確定你要這麼做嗎？」

「我不能一直這樣，」艾爾皺眉，喃喃自語似的說，「我看了他給我的漫畫。然後，我的腦子裡就一直翻騰著各種不好的想法，更糟的是不管聽到妳的聲音，還是聞到妳的氣味，還是和妳坐在一起，我就想要對妳做那些事情……我猜妳不會同意，所以我覺得既難受又很丟臉。」

小白覺得自己剛吃進去的食物在胃裡凝成一個硬塊了……艾爾說的，和她想的是一件事嗎？不會吧？

她抱著最後一點希望，顫聲問，「馬可給的究竟是什麼漫畫？」

「主角是一個名叫Iori的女孩子的H漫。」艾爾身體向後仰，把手臂枕在腦後，他的聲音很輕，「妳要看看嗎？」

小白很想說不用了，可是艾爾手一揮，牆壁上出現一個穿著水手服的女高中生，髮型身材五官和她有幾分相似，哦她想起誰是Iori了。她立刻就明白接下來要發生什麼了。

蘭尼雙手掩面趴倒在桌上。

艾爾這個笨蛋啊，笨蛋。這下永遠都回不了家了。

第１６章

變態王子與害羞小白

小白的耳朵像火燒般發燙，急促的呼吸了幾下她站起來轉身就走，在樓梯口轉過臉對艾爾喊了一句，「變態！」

艾爾還是一動不動的盯著天花板發呆。

小白回到自己的房間重重把門摔上，坐在地板上哭了。

艾爾這個大笨蛋！馬可這個大變態！

現在我還要和變態住在同一個屋簷下！

她靠在門上嗚嗚咽咽的哭了一會兒，用手背擦擦眼淚，吸吸鼻子。媽媽說女孩子哭的話，水分跑了就老得快。想到媽媽，小白更難過了，她又開始抽噎。媽媽那麼辛苦，可是從小到大我除了會考試別的什麼都做不好。

她背後的門被輕輕敲了幾下。

「小白。」

是艾爾。

「幹什麼？」她用袖子抹一下酸酸的鼻子，粗聲粗氣的問。

艾爾大概也靠著門板坐在地上了，因為他的聲音像是就在她耳邊。

「對不起。我明知是圈套可是還是上當了。」

小白擦掉眼角的淚，想起艾爾說他覺得又難受又丟臉，還有他說這話時雙眼盯著天花板不敢直視她的樣子，從剛才開始噎在心口的那口氣奇怪的消失了，同時消失的還有她的自我厭惡。

艾爾聽到她的呼吸和心跳都漸漸平穩下來，小聲問，「妳能原諒我嗎？」

等了一會兒，小白沒有回答。

唉。他站起來，在心裡輕輕嘆氣，也許蘭尼又說對了，那些想法還是只要他自己知道就好了，說出來只會讓她生氣。

就在他要離開時，門喀嗒一聲打開了。

小白站在門口抬眼看他，「艾爾。」

「嗯。」

「我是生氣了。不過，我沒生你的氣。所以你也不用道歉。我只是……」

小白思索著該怎麼形容自己剛才那種感受，該怎麼讓這傢伙明白呢？這種事……這種事在心裡想就好了不要說出來了！嗯……也不太對。應該是最好連想都不要想！唉！馬可這個變態。

艾爾看著還在垂頭思考的小白。她的頭髮十分柔順，可是頭頂總有幾根短髮不聽話的翹起來，從看到她的第一天起，他就一直想伸出一根食指去碰碰這像蝴蝶觸鬚一樣的頭髮。

她說沒生我的氣？那麼——這是說她其實……不反對？不反對的意思就是，她願意？

如果蘭尼知道艾爾是這樣思考的，他大概會立即絕望的自殺。

當艾爾的雙手顫抖著伸向小白時，她終於發覺在她苦思該怎麼告訴笨蛋以後不要煩她的時候，這傢伙似乎是誤會了什麼。

「你要幹什麼？」

「嗯？」艾爾的手剛剛好伸到小白的臉側，他歪著頭和她對視，「嗯……難道，妳不是同意的意思？」

「同意什麼？」

哦天那。艾爾的心怦怦亂跳兩下，壞了！又會錯意了！他趕快補救，「我、我我只是想給妳個擁抱，道歉式的。」

「哦。」真的嗎？那麼這股蠢蠢欲動的奇怪氣息是怎麼回事？

看到她沒繼續反對的意思，艾爾小心翼翼的把兩隻食指搭在小白肩膀邊緣，微微向前傾，給她一個只具有形式而沒有接觸的擁抱。

她的頭髮碰到我的臉了。他想。

「這樣我們還是朋友吧？」他小聲問。

「嗯。」她小聲應了一聲。

他的聲音擦到我的耳朵了。她想。而且那個像雨後松林的氣味真的是他身上的。

啊……我有個單手就能把地球炸毀幾百次的朋友。這聽起來好像不錯啊。

艾爾的頭又低下一點，在她耳邊用極低的聲音問了一句話。

小白猛力推開艾爾，「你果然還是變態！」然後轉身摔上門。

變態艾爾對著門嘟嘴嘟囔，「那為什麼馬可就可以？」

「因為他是變態！」小白在房裡大喊。

已經不是變態了是痴漢！你也想當痴漢嗎混蛋！她撲倒在自己的床上用力捶打床墊。

艾爾回到樓下，走進蘭尼的房間，往他的床上一跳，攤開四肢對著天花板發呆。

「喂——」

「你說得沒錯蘭尼，」艾爾的聲音裡有蘭尼不熟悉的成分，似乎是疲憊，「我必須要先做她的朋友。」

「那你想好要怎麼做了？」為什麼我總覺得他的理解會有什麼可怕的偏差呢？蘭尼暗中皺眉。

「沒錯！」艾爾坐起來，眼睛裡又充滿了鬥志，「第一步，我要瞭解她的愛好！

蘭尼斜眼，都過了幾週你才想到這個會不會太笨了？他捧起水杯問，「然後呢？」

「第二步，在她擅長的那些領域徹底擊敗她！」

「噗——」蘭尼一口水噴出來，「你沒弄錯吧？」

「十分確定。只有這樣我才能獲得她的尊重。」艾爾站起來，威嚴冷峻，冰雪之姿，「尊重引向崇拜，崇拜導致愛慕，並且，擊敗她的同時，我會給她我的友情鼓勵她繼續向我挑戰，最終，在不斷的戰鬥中成長出堅不可摧的愛情！哈哈！」他抱著雙臂得意的笑了。

神啊，請你賜我一個正常一點的王子吧！蘭尼想哭了，他叫住向外走的王子，「喂，你去幹什麼？」

已經走到門口的艾爾頭也不回，留給蘭尼一個堅毅果決的高大背影，「戰鬥從這一刻開始！我要去補習了！」

蘭尼看著關上的房門，最終還是寬麵條淚哭了出來。

第二天清晨，還睡得迷迷糊糊的小白被有節奏而且毫不輕柔的敲門聲弄醒，她把枕頭蓋在頭上，可最終還是被戰鼓般的敲門聲逼得不得不離開溫暖的被窩。

「幹什麼?!」她拉開門，看到平時這個時候還圍著一條毛巾走來走去的艾爾已經穿戴整齊，嚴肅的站在門外。

嗯？出什麼事了？

「小白！現在是 GMT 0735，給妳十五分鐘時間起床！然後下樓吃早餐！我們要去學校。」說完他把房門完全推開，繞過小白走進房間，一把拉下她的被子扔在地上，「不許再鑽進去！」

破壞了她暖呼呼的被窩，艾爾以標準軍姿離開了。

小白傻了。

她洗漱完畢走下樓，艾爾正圍著圍裙煎鬆餅。

「趕快吃！吃完我們就出發。」

「出發去哪裡啊？」小白看著從鍋鏟上落進自己盤子裡的鬆餅，啊，這種金燦燦的溫暖的顏色，好想睡。

「去學校！」

和艾爾走在去學校的路上，小白忍不住反覆觀察。

這傢伙是怎麼了？這種氣質是什麼啊？嗯……好像嘴唇比平時抿緊了一點。然後呢？眉毛？難道眉毛間的距離改變就改變了氣質這種事在三次元也是適用的？

她滿腹狐疑，努力加快步伐，跟上邁開兩條長腿越走越快的艾爾。

到了學校，因為來得太早，教室都還沒開門。

十一月下旬的早晨是很冷的。草坪上的青草結了一層厚厚的霜，踩上去發出「咯吱咯嚓」的聲音，快走產生的那點熱量很快被寒霜耗盡，小白被凍得鼻涕都要流出來了。她把以標準軍姿等候在教室門外的艾爾拉到了附近的影印室。那裡的大型影印機日以繼夜的工作著，散發出在冬日裡極為寶貴的熱量。

小白靠著影印機坐下，拿張面紙擦擦鼻子，然後問道，「艾爾你今天到底是怎麼了啊？」

艾爾沒有回答。

他坐在窗戶下面，因為是逆光而坐，她看不清他的臉，只能看到晨光中他金髮的輪廓。他的頭髮近看光滑柔順，但從這角度看卻有一層毛茸茸的邊。可能是因為這樣，他臉上從顴骨到下巴那條高傲的線條，此時也顯得格外稚氣而倔強。

有無數塵埃在金色的光柱裡緩慢無序的飛舞，影印機重複著簡單的嗡嗡聲。

我要妳愛上我。

艾爾看著仍在打哈欠的小白，在心裡說。

第１７章

我要妳愛上我

不僅是起床、來學校被軍事化了，上課之後小白更加驚訝的看到艾爾認真聽課了。呃。你來上學的目的不是把妹嗎？

她看著他在自己的電腦上打出可能是賽德維金語言的古怪符號，有時還夾雜英語，有時畫個她要想想才明白是什麼意思的圖形，有種「艾爾真的是來地球的交換生呀」的錯覺。

不只小白這麼覺得。課間休息時麗翁跑過來，她看一眼跑到講臺上對老師提問的艾爾，小聲問，「喂，死魚眼今天怎麼了？」

「不知道。」

麗翁捧臉道，「唔～不知為什麼覺得艾爾今天好帥啊。」

「哎？只是眉毛間的距離比平時短了一點點而已。」

「不是眉毛的事啦，」麗翁眯起眼睛看向小白，「總覺得氣質完全不同了。嗯……雖然穿著寬大的毛衣，可是為什麼會讓人覺得有種軍人式的禁欲氣質呢？」

「嗯？」小白愣住。

不過聽蘭尼說，艾爾用電腦打遊戲時其實是在指揮戰鬥。這麼說的話，他的確是軍官？可是我總覺得他還是在打遊戲啊？

胡思亂想的小白沒有意識到，由她一統江湖的時代即將結束，另一位新榜首將會和她分庭抗禮。

午飯時，他們毫無意外的在學生餐廳遇到了馬可。

這一次，艾爾不再是毫無防備的。昨晚，除了惡補今天要學的這兩門課程，他也把頭號情敵馬可·藍佩洛的情況調查得很清楚。

二十四歲的馬可擁有羅馬大學的化學和生物學博士學位。一年前來到這所大學擔任研究員，偶爾也教些課。

他的國家和小白的國家有著上溯千年的貿易史，並且都愛好美食、重視家庭。他還有位和他同樣名字的同鄉馬可・波羅，在幾百年前去過小白的家鄉，並寫了本胡吹亂侃但十分受歡迎的遊記。據說麵條、臘腸、薄餅這幾樣食品還有足球這項運動也是由這個人帶回義大利的。

至於戀愛的經驗，艾爾判斷馬可並不會比他多很多。因為根據馬可的學歷，直到他取得第一個博士學位，他的同班同學平均年齡比他大六歲。如果同班的大姐姐對他有那方面的興趣——咳，這不僅荒謬而且違法。

此外，馬可有一個比他大五歲的哥哥，是核子物理專家。

這一點艾爾倒是很能體會馬可的感受。

見到熱情招呼他們的馬可，艾爾先是很小聲的叫了聲「小白」，然後就無地自容的垂著腦袋。

小白看看艾爾泛紅的臉頰，無可奈何的站在他身前，出聲向馬可打招呼。「馬可。」

「唷～小白，妳今天看起來也好可愛！」馬可已經買了一份番茄湯和一個三明治，他端著餐盤走過來，低頭對小白笑了笑，又抬起頭斜著眼睛看她身後的艾爾，「嘿嘿，艾爾，漫畫好看嗎？」

小白臉紅了。

馬可立刻察覺了，他嘻嘻笑了兩聲，「怎麼了小白，妳的室友是不是對妳說了什麼古怪的話啊？還是——」他換個更加變態的語氣，「對妳做了什麼？有這種色迷迷的室友很危險啊，妳要搬出來嗎？我的房子……」

小白抬頭瞪馬可，這變態還得意的對艾爾露出陰險的微笑。

小白怒了，「喂！夠了！艾爾很單純，請你以後不要再捉弄他。」

「啊啊啊？」馬可似乎沒想到結果和他預期的完全不同，他呆了一秒鐘才怪叫，「他單純？妳沒有看到他和我說話時那種陰險又淫蕩的笑容！」

「夠了。」小白拉著艾爾往外走，「我們走。」

「喂喂！」馬可急了，「好了！我以後不欺負他啦！回來吧，今天這麼冷，得早點吃東西才行，還有，我幫妳買了妳喜歡的番茄湯和雞蛋美乃滋三明治唷。」

「是嗎？那謝謝了。」小白接過餐盤，問艾爾，「你想吃什麼？」

「唔……沒有什麼特別想吃的，那就……」他掃視一下排隊的人群，最後看著其中人龍最長的隊伍，「那個隊排得那麼長，東西一定好吃。」

小白看著馬可說，「去幫他買。」

「嗚～」馬可氣得咧嘴。

「我要兩份！」艾爾露出無辜而真誠的笑容，「謝謝啦馬可！」

這混蛋小子！馬可在腦海裡抓住艾爾的雙腳把他當鏈球扔出去！可是還是得去排長長的隊，不然小白絕對不會再給他好臉色看。

等馬可買回食物，小白已經吃完她的那份離開了。她實在不能忍受和兩個變態坐在一起。

所以，馬可氣惱的看著艾爾笑咪咪的吃著肉丸乳酪三明治——他買的。

「你這混蛋……真看不出你還有這一手。」馬可一手托腮，充滿惡意的打量著他對面貌似單純實則陰險的對手。

「哪裡哪裡，」艾爾很謙遜，「我只不過是性格比較直率真誠而已。」

「哼，」馬可湊近一點直視著艾爾的眼睛，兩人火花亂迸的對視了幾秒鐘，他笑了，「不錯。我一向喜歡挑戰。」

「彼此彼此。」

「等著吧臭小子。」

「呵呵呵呵，我跟她住在一起！」

「哦是嗎？但我聽說你們只是住在同一棟建築裡，房間根本不在同一層呢！室友！」

「沒錯啊，可是小白很喜歡穿著淺粉色有泰迪熊圖案的睡衣褲到處走。而且——」艾爾若無其事的吃掉最後一口三明治，「她的睡衣很薄。我最喜歡看她走上樓梯的樣子了。」

說完，艾爾好像回味三明治的味道似的瞇起眼睛，發出長長的「唔～」一聲。

「……」馬可終於沉默了。他低下頭，雙手握拳放在桌上。突然間他抬頭看著艾爾，「什麼款式的？」

「嗯？」艾爾迷惑的眨眼，「什麼？」

「混蛋別裝了！既然那麼薄那麼可以看得到吧？裡面是什麼樣的？普通的純棉？有蕾絲花邊？還是出乎意料大膽的丁字褲啊？應該不是膚色歐巴桑式的吧？」

「哦，你在問這個啊，」艾爾笑了，他濃密的長睫毛瞇在一起，「都不是！」

「都不是？」馬可捂著臉揉了兩下，「難道，難道……」他臉紅了，「難道沒有穿嗎？」

「你果然是個變態啊，小白說得一點都沒錯。」艾爾學著馬可昨天的樣子「嘖嘖」兩聲，「告訴你吧，昨天是平口褲。很合身，淺薄荷色，這裡還綴著兩顆小鈕子。」他比劃一下。

「哦可惡！這種保守的款式反而是最邪惡最誘人的！」馬可抓住自己腦袋上的金色捲毛大力揉了兩下，「你這混蛋！你是故意的！這下我完了！」

「不客氣。我只是借用一下你的招式。」艾爾再次露出無辜而真誠的笑容，「現在是不是一閉上眼睛就在想像她穿著那種衣服的樣子啊？」

馬可站起來，一言不發就走了。

艾爾靠在椅背上低聲喃喃，「看來你的哥哥還是不夠陰險。」

我到哪裡去看薄荷色的小鈕釦內褲啊！自從我搬進去後，小白就在她的睡衣外面套了藍白色運動服！

小白當然對這兩個變態的交鋒一無所知。馬可一連幾天都沒再出現，她的幸福度本該上升的，不過，立志成為新一代榜首的艾爾在接下來的每天清晨都會準時站在她門口敲門叫她起床。

這種偏執的精神，讓她覺得自己回到高中時集中營一樣的住校生活。

這天早上，痛苦的小白也和前幾天一樣，把頭包在被子裡，試圖忽略極富節奏的敲門聲。

十分鐘之後，敲門聲依舊沒有停下來的意思，她不得不從被窩裡探出腦袋大喊，「幹什麼啊艾爾？今天十點鐘才有課！」

敲門聲仍在繼續。

「哦哦哦煩死了！」她從床上跳下來拉開門，「今天十點——」

艾爾愣住，俊臉立刻飛上兩朵紅暈。

他似乎是難以決定該把頭往上抬還是轉到一邊，還是像現在這樣對著小白。稍微猶豫了一下，他側過臉，聲音也不復軍事化了，軟軟暖暖的像個毛線球，「現在是 GMT 0742……妳睡吧。」

他說完就飛快的下樓了。

「呃……」

小白低頭看看大概是在被窩裡掙扎時弄開的睡衣鈕釦，和胸前露出的一大片肌膚，再次覺得人生毫無希望。

第１８章

蓬勃的朝氣

感嘆人生灰暗之後，小白鬱悶的在床上趴了半個小時，終於還是起床洗漱下樓吃早餐。

艾爾坐在餐桌旁邊，有氣無力的說了聲「嗨」，卻沒有抬頭看她。

在小白吃東西的時候，他一直低著頭，用刀叉把他盤子裡的培根、煎蛋和鬆餅切成邊長三公分的精確正方形。

蘭尼則捧著咖啡杯，露出標準的幸災樂禍表情調侃，「你不吃嗎，艾爾？不吃飽的話怎麼到學校戰鬥啊？」

「戰鬥？」小白有點好奇，「有別的外星人入侵校園了？」

「呵呵，妳不知道嗎？哦對啊，艾爾還沒有向妳宣戰呢。」蘭尼指指小白，「妳現在是他的對手了！他要在妳擅長的那些領域徹底擊敗妳。」

「……」小白看著仍然在切正方形的艾爾問，「喂，真的嗎？為什麼？」

艾爾沒說話，他默默的把餐盤推開，站起來向外走。

當他從她身邊經過時，小白愣住，然後臉紅了，「啊？變、變態！」

艾爾雙眉緊蹙，目視前方，語氣正直而嚴肅，「請稱呼我蓬勃的朝氣。」

蘭尼看著他竭力保持端莊和尊嚴的背影捶桌大笑，「蓬勃的朝氣?!哈哈哈～」

小白又羞又窘，鑒於變態已經離開了，她只能對著蘭尼發脾氣，「別笑了！」卻噗嗤一聲笑出來。

為什麼會覺得這樣子的艾爾有點可愛呢？她想著又笑了。

蘭尼還在擦眼淚，「別在意，這傢伙其實羞死了，他現在一定跪在房間裡懊惱的捶打地板呢。每次在愈是窘迫的情況下，艾爾就會愈會努力的去維持皇室成員的威嚴。在軍校時，有一次打賭輸了，帶著他的『Royal Supremacy』在操場上站了一天呢。當時他也是這種正義凜然、高貴不可侵犯的表情。」

「等等，Royal Supremacy 是什麼?」

「和他蓬勃的朝氣是同一樣東西。噗呵呵~還有皇家加長禮炮也是！」

那……不就是……全裸著在操場站了一整天嗎？

小白幻想一下，又忍不住想笑，「……唔，聽起來，你們好像不是特別……敬畏他啊。」

「嗯？敬畏？為什麼要敬畏那傢伙？」蘭尼微微一怔，立刻意識到這是個向她灌輸賽德維金文化的機會，「儘管我們的政體和你們這裡的君主立憲制很像，但是皇室成員並沒有那麼多特權。皇室成員也和我們一樣，按照自己的興趣和特長去通過考試，然後進入學校學習。不過，皇室成員似乎都是天才軍事家和極出色的戰鬥人才，所以大部分都會進入軍校，畢業後在軍隊任職。你們這兒的王子不也在軍隊嗎？」

「那也是。」小白想想，那位在軍隊的王子好像還去了前線呢。不過，賽德維金的皇室有什麼特權呢？

對這問題，蘭尼的回答是他們擁有優先志願權。具體說來就是在國民、種族面臨巨大危機時，皇室成員可以優先作為志願者去應對危機。

呃……小白一陣無力，我沒聽錯吧？這好像是做人盾、炮灰的優先權？

「還有呢？除了這個還有別的嗎？比如英國女王可以隨便一伸手，說全英國的天鵝都是她的。」到這時小白對皇室的八卦心才甦醒過來。

「好像沒有耶。」蘭尼仔細想了想說明，「但他們是挺有錢的。因為一直以來皇室成員都是最強的賽德維金戰士，所以他們是收費最高的僱傭兵，而且他們除了愛打架、愛吃好吃的之外，沒什麼別的特別奢侈愛好，所以皇室積累了很多財富。」

「當僱傭兵？皇帝也去當僱傭兵嗎？」小白不能理解，「那政務誰處理啊？」

蘭尼一副理所當然的模樣，「當然了！現在陛下就和皇后一起去多羅羅星系為騎塔拉爾人的商務艦隊護航，他們巴不得不理政務、滿宇宙亂跑呢，陛下把這當成二度蜜月。」

這位陛下聽起來有點像昏君啊……

她又問了一遍，「那國家大事都是誰處理啊？」

蘭尼揮揮手說道，「有首輔大人和議院呢。而且平常也沒什麼大事。最近一百年裡最大的事，就是發現了和我們基因有九成相同的地球人，人民都盼望著能夠有一個奇蹟嬰兒的誕生，結束我族被詛咒的厄運。」

「你們是希望能夠從和地球人結合生下的混血兒身上提取基因，製造抗體吧？其實這樣的基因工程不一定要真的生下一個嬰兒，很多工作可以在實驗室裡進行，而且——」小白終於坦白對賽德維金人跑來地球意圖異種繁殖的想法，「把希望寄託在奇蹟嬰兒的誕生，還不如多花點力氣在自己的星球上進行研究呢。」

「哦哦妳這種說法我並不是第一次聽說！」蘭尼笑了，好像他早就知道她會有這樣的想法，「首輔大人對於與異星人交配來尋找奇蹟療法的方法並不熱衷。他的態度是『既然連星星都有消失的那一天，憑什麼一個物種會永恆繁榮呢？』，所以只要盡自己最大的努力就行了。當然了，這只是他私下的看法。面對民眾，皇室成員是一致擁護並積極投身於地球繁殖的。實際上我們整個星球能投入地球人繁殖事業的，也只有那麼幾個皇室成員。」

事實上首輔大人對與異星人交配這件事相當排斥，他對戰鬥力低下而有些習俗又野蠻落後的地球人沒好感。

蘭尼怔怔的看著小白，想道：雖然我很敬重首輔大人，但他對地球人真的存在偏見。如果他和小白交談過，就不會再覺得艾爾背負了太多也太不公平的期望，而認為自己是個不稱職的哥哥了。

小白輕輕皺眉繼續問道，「蘭尼，艾爾不是還有一個哥哥嗎？他就是首輔大人對不對？他討厭地球人所以你們才派艾爾來地球？」

蘭尼嘆氣，「且不說自然環境，你們星球的重力和磁場分布和我們的就很不同，來到你們的星球，我們就是超人一樣的存在，為了生活得像個正常地球人，需要長時間控制自己的力量。」

他頓了頓繼續解釋，「自身力量越大，要收束力量也就越困難，要辦到這一點還需要某些特定的天賦。很遺憾，這方面首輔大人並不是很擅長，他來地球的話最多只能控制幾天時間，再久的話，恐怕他一走路就會把周圍的行人和建築物都震垮。」

小白一下子就想到了金剛和哥吉拉。吼吼吼。

蘭尼有點尷尬的抓抓頭說，「嗯，這個嘛，攜帶型重力磁場適應器可以解決這個問題，那個……其實，更重要的原因是內閣中的大家，幾乎一致認為他來到地球只會重複親王的經歷。因為……在我們那個女性稀少的星球，居然還有女性為他進行決鬥。」

第１９章

愛情屬於強者

小白愣一下，問，「決鬥？」

「沒錯。」蘭尼點頭，「我們的傳統是這樣，當妳和另一個人同時愛上一位異性，提出決鬥可以把競爭對手徹底踢出局。被擊敗的那一方此後就失去了繼續追求的資格。當然如果不敢應戰的話，就直接出局了。這種挑戰隨時可以進行，不過一旦當事人已經選定了配偶，就沒有人可以再去追求了。我們是十分堅貞、對伴侶不離不棄的種族。」

「可是聽起來還是好凶殘啊！」小白驚嘆，「那如果當事人喜歡的是那個比較弱的呢？他沒辦法自己選嗎？」

「怎麼可能？」蘭尼不解反問，「為什麼他會選比較弱的那一個？」

「唔，那好吧，也許她的武力值不是最高的，但是她善良、可愛而且喜歡做飯，還長得超漂亮。」

「沒有武力值這些能幹什麼啊？」蘭尼更糊塗了，「如果是妳的話，妳會挑比較弱的那一個嗎？」

「唉唉，好吧好吧，」她終於放棄消除文化隔閡，「繼續說艾爾他哥的八卦吧，有人為他決鬥，那麼他現在結婚了嗎？」

「沒有。因為他對一直贏的那一個沒有男女間的喜歡。」

「……」那決鬥個屁啊？「那……那個女孩子等於被他拒絕了？她現在怎麼樣了？」

「嗯？很好啊。首輔大人一向欣賞英武的女性，於是她現在是某支機動部隊的指揮官哦，因為作戰英勇在幾年內升了兩級呢。」

「……為什麼我覺得他有點陰險啊……」

「哦呵呵～不是『有點陰險』，是『非常陰險』。但他是皇室成員，我們暫且把這種個性稱作『充滿智慧和創造性的惡意』吧。」

小白托著下巴感嘆，「有這樣的哥哥，艾爾一定從小到大都沒被欺負過。」

所以那個時候他才會有那種「妳怎麼會拒絕我的求愛我可是王子哎～」的態度吧？

「妳怎麼會有那麼善意的想像啊？」蘭尼笑得前仰後合，「那次只帶上Royal Supremacy在操場上散步，妳以為除了他的哥哥還有誰能把那個混蛋搞得那麼慘啊！」

「……」

在小白和蘭尼熱情的八卦時，艾爾在他的房間裡先是跪在地上敲了一頓地板，然後便羞憤的指揮與卡寧星系的戰鬥。

與他對戰的那位卡寧星系的指揮官，看著自己螢幕上此起彼伏代表爆炸的紅色，喃喃自語，「艾爾今天心情不太好啊，平時他都不會把已經失去行動力的生化機械炸毀的。」

十點鐘，艾爾和小白坐在教室裡聽課。第一次，他主動和她拉開了距離。

立志成為榜首的艾爾同學渾身散發著無形火焰，令人不敢直視。

之前被他用食物鏈最高層的捕食動物眼神射殺過的女生們被火焰給復活了，她們壓低聲音交流感想，「為什麼忽然覺得大猩猩又帥起來了呢？」

艾爾似乎是打算一整天都和小白保持適當的距離，讓她在自己的可控範圍之內，但又不會過於靠近以至於清晰的聞到她頭髮上的柑橘氣味。

不過，當他的頭號情敵接近時，艾爾「嗖」一聲竄到小白身後表明自己的領地權。

「小白～」馬可揮揮手裡一個包得很漂亮的小盒子，「那天在餐廳我忘記給妳了。這是我專門為妳做的巧克力哦！」

小白接住禮物打開包裝，吃了塊巧克力，「我已經吃了。很好吃。謝謝。」

艾爾在她身後用眼神對馬可說：聽到了吧，你可以走了。

馬可笑咪咪的用眼神回應：你等著瞧吧。

「還有上次妳說很好用的那個試劑，我又做了一些，他們正在分呢，妳要嗎？我留了一百毫升，可以給妳一些。」

吼吼吼，金髮的大猩猩，可以走了的是你。

果然！小白嘴裡含著還沒融化完的巧克力、口齒不清的嚷嚷，「我要我要！現在能去拿嗎？」

「可以啊，不過，這次做的試劑穩定性較低，要一直放在冰箱裡才行啊，那妳不是拿了就得去系實驗室？等妳做完標籤、放好試劑，餐廳裡就沒剩什麼好吃的了。」馬可一臉擔憂的說。

嘿嘿嘿，妳以為我為什麼加那些輔料去降低試劑的穩定性呢？

「沒關係我買一包薯片吃就行。」小白催促，「我們快走吧，上次你說你留了兩百毫升結果我才拿到不到二十毫升！你們系的人都超會浪費！唉！快點！」

「可我還沒吃飯呢。」馬可終於說出了他的最終目的。「其實我家還有點金槍魚罐頭，還有我老媽親手做的番茄醬，我一路從羅馬揹過來的！不然等一下到我家吃義大利麵？比學校餐廳的正宗一百倍。」

洞悉馬可陰謀的艾爾鼻子都氣歪了，喊道，「小白——」

小白好像這會兒才想起他。

「艾爾，今天中午你自己去吃飯吧。」說完她拽著馬可催促道，「快點吧！這次把那個試劑的配方給我吧，好不好？馬可？」

前後兩句話之間幾乎沒有停頓，但無論是語氣還是表情都非常不同。就連小白自己也立刻感到了這種「前倨後恭」的態度。

「那個……」她不好意思的轉過身走回艾爾面前，從口袋裡拿出幾顆馬可送給的巧克力遞給他，「這很好吃。給你。」

艾爾默默的接過巧克力，聲音低低的，「妳走吧。」

「噢。」小白答應一聲。她是想走的，可是好像她的腳有別的想法，定在原地不動。

最終，她看看還在那兒等著看笑話的馬可。

「馬可，能不能……」小白本來想說「能不能帶艾爾一起去你家啊」，不過，鑒於馬可的臉立刻拉長了，她停頓一下，換個說法，「能不能讓艾爾見識一下你的廚藝啊？」

馬可把雙手插進口袋裡，瞟艾爾一眼。煩人的電燈泡，裝什麼可憐！

艾爾抬起下巴，瞇起碧眼挑釁，「怎麼？你做的食物不能見人嗎？」

「那你就跟著吧。」馬可冷哼一聲，然後轉過頭微笑著和小白討論配方，「穩定性是比以前低了，但是也更精確……不行，加了那個就不行了……」

如果是別的男人，大概會覺得這麼跟著情敵是件丟人的事，但是艾爾不是別的男人。

在他長大的過程中，他見過太多哥哥的追求者們忍辱負重、花招百出，有時甚至還冒著生命危險，就為了贏得一個約會或是獨處的機會。

這麼一比較，地球情敵給他的冷嘲熱諷根本不算什麼啦！

而且，最重要的，是小白叫他跟著的。

哈哈，這不是說明她覺得和馬可在一起無聊又缺乏安全感，所以更需要他陪在身邊嗎？

王子殿下雖然可能沒有什麼追求女孩子甚至是討人喜歡的天賦，但他天生的近乎愚……反正就是這種天生的頑強樂觀為他贏得了機會。

馬可的住處是個十幾坪的房間，只有一面窗戶，但是馬可精心布置，用書架和衣櫥隔出了最陰暗的一塊地方做臥室，床放在裡面，起居區有一座雙人沙發，幾張可以疊放在一起的小矮几被拿來當咖啡桌和餐桌，靠近門口是一個不銹鋼盥洗池，旁邊是一個小小的鐵架，上面放著電鍋電爐。

艾爾看到馬可從櫥櫃裡取出一個大鍋，放在比手掌大不了多少的電爐上時噗哧一聲笑了——這種東西能做出食物?!

半個小時後艾爾後悔了。

馬可得意的問，「我的食物還可以見人嗎？」

「很好吃。」艾爾用麵包擦著盤子，由衷的說。

馬可更得意了，接下來他拿出一個小小的鋁製義大利咖啡壺，放在手作的酒精爐上煮了一壺Expresso。

艾爾明白，他的情敵不僅陰險卑鄙，還是個廚藝了得、自製燃料廚具的煉金術士。

輕啜一口香醇的咖啡，艾爾緩緩的說，「馬可，我正式接受你的挑戰。」

小白頭痛，又挑什麼戰啊，賽德維金人真是戰爭狂。

馬可微微一笑，回道，「我等著看你做的食物唷～」

第２０章

爭奪小白大作戰

魚。

兩大變態的第一場比試在第二天中午。

他們分別攜帶了保溫盒。裡面都是中式菜餚。評審無疑是小白。

馬可做的是紅燒魚、紫菜番茄蛋花湯和白飯。他聽小白說過她媽媽只有一道菜做得好吃，那就是紅燒魚。

至於艾爾，他昨天一回家就鑽進蘭尼的房間裡討論了很久，然後直到深夜樓下的廚房還發出各種響聲和香味，今天早上他也沒去叫小白起床，而是繼續在廚房裡忙碌。

等小白下樓吃早餐，艾爾已經露出神祕微笑把保溫盒裝好了。

她有點想知道他到底做了什麼。

艾爾瞟著紅燒魚，打開保溫盒——

沒有冒出小白想像中的金光，不過，保溫盒裡的香味迅速瀰漫開，艾爾給小白盛了一碗，「我做的是香菇雞肉粥。」

馬可在聞到粥的香味那一刻，已經明白這一戰他輸了。

艾爾做的粥加了干貝，在小砂鍋裡熬了一夜，無論是米粒、香菇還是雞肉都入口即化，並且，早餐時他還特意替小白做了油膩的醃肉和澆上楓糖漿的鬆餅，這個時候她當然更喜歡清淡易消化的粥了。

此外，放在保溫盒裡的米飯、菜餚，無論如何都不可能像剛出鍋時那麼美味，可是粥卻不同，在保溫的過程中，米粒和其他食材變得更香濃軟糯。

這碗粥，所包含的不單是艾爾想要向小白表達的愛心，還有對時令、天氣、食材特點、她的飲食習慣文化背景等要素的縝密考量。

完勝的艾爾笑咪咪的又取出一個碗，舀給馬可一碗，自己則端起紅燒魚，「其實你做的也不錯啊。」

馬可一臉陰鬱的吃了口粥，也不得不認可艾爾的手藝，「你也不賴嘛。」

艾爾微笑，「那麼下一次的題目……」

「甜點！」

「可以！」艾爾的雙眼彎成月牙狀，「我很期待。」

小白斜眼看看這兩個笑得十分燦爛的傻瓜。

◎　◎　◎

當天晚上回到艾爾弗蘭德1號，小白的晚餐是頭一天深夜艾爾製作的各種實驗品和半成品，春捲、蝦餃、燒賣、魚丸……

對著一桌子剩菜，蘭尼目光呆滯的夾起一個燒賣，向小白說，「吃吧，我今天已經吃了一天了。」

「哈哈哈哈~很好吃吧，蘭尼！」艾爾在他背上重重的拍一巴掌，拍得他差點噎到，「好吃就趕快吃，別說話！等會兒我還要準備做甜點呢！」

蘭尼又快哭了。

半夜的時候小白醒了，被樓下飄上來的香氣弄醒了。她揉著眼睛走下樓。

廚房依然燈火通明，蘭尼趴在餐桌邊上打著飽嗝，艾爾嚴肅得好像是在做實驗一樣，流理臺上放著各種烤蛋糕的模具、打蛋器、融化巧克力和奶油的玻璃碗、雞蛋、糖霜、麵粉……

艾爾轉過臉，取下隔熱手套，疑問問道，「咦？妳怎麼不睡覺？」

我餓醒了。小白在心裡回答。

她在蘭尼身邊坐下，詢問道，「你吃了多少？」

「不記得了。」蘭尼托著下巴有氣無力，「他要做出『完美的紙杯蛋糕』，顏色、形狀、質感、香味、口感都要完美，而且還要想個什麼辦法讓他的杯子蛋糕有『剛從烤爐裡拿出來』的感覺。」

「來試試這一次的！」艾爾又端出一盤香噴噴的紙杯蛋糕。

「我可以嘗嘗嗎？」小白舉手發問，「聞到香味就醒了，一定很好吃。」

「呵呵呵，」艾爾瞇起眼睛溫柔的笑道，「不可以。」

小白愣住，問，「……為什麼？」

「這樣就不公平了！」艾爾說著把蛋糕從桌上拿起來，端得高高的，像是怕小白伸手去拿，「這是我和馬可的戰鬥，做為評審的妳怎麼能先試吃我的呢？」

小白低下頭靜默了幾秒鐘，推開椅子上樓去了。

蘭尼瞟著艾爾說，「……笨蛋，你又幹蠢事了。」

艾爾眨眼不解，「……嗯？」

蘭尼也站起來準備要離開，「不用嘗了，你明天一定輸。」

「不可能！我已經想好怎麼讓蛋糕有剛出爐的感覺了！」艾爾捧著盤子自信微笑。

蘭尼搖搖頭，「等著瞧好了。」

在她的房間裡，小白抱著被子蜷在床上，吃她的仙貝。

果然，艾爾根本就還是個小孩子，和馬可那傻瓜一樣。

第二天，馬可拿出的是草莓蛋塔。他給小白、艾爾每人一個。

艾爾咬了一口後驚訝道，「蛋塔裡的草莓是……分子化了？」

馬可得意笑，「呵呵，是啊！所以每一口都有草莓的鮮味，又不會太過甜膩。」

小白把蛋塔放在手心看了一下，抬起頭對馬可說，「你贏了。」說完她隨手把蛋塔塞進口袋裡走了。走了幾步她回頭說，「如果你們還要繼續比，請找別人做評審吧。」

艾爾看著小白的身影，有種大事不妙的不好感覺。

蘭尼又說對了。

馬可完全不知道這是怎麼回事，但是那種大事不妙的感覺也傳給了他，讓他不敢去追小白。他只好問一臉迷惘失落的艾爾，「你知道怎麼了嗎？她生氣了。小白很少會生氣的。」

他連問幾次，艾爾還是怔怔的看著小白愈走愈遠的背影，一言不發。

終於，小白的身影從他們的視線中徹底消失，艾爾拎著他的保溫盒走到牆角，背靠著牆壁滑下來坐在地上。

「喂喂，到底怎麼回事？」馬可走過去和他坐在一起，「昨天晚上發生什麼事了？你夜襲她了？哦不會吧，你到底幹了什麼？」

艾爾在馬可的絮叨中又沉默了近一分鐘才開口，「她想吃我烤的蛋糕，我說要等到今天才可以。」

「嗯？這不是很正常嗎？不然比賽就失去意義了不是嗎？」馬可抓抓他的金色捲毛不解，「她就為了這個生氣？」

艾爾看看馬可，皺起眉毛說道，「看來你和我一樣。」

「一樣什麼？」

「一樣是蘭尼說的笨蛋。」他又垂下腦袋，「蘭尼昨晚就說，今天我一定會輸。」

「蘭尼是誰？」

「我另外一個室友。」

「做粥那主意是他出的？」

「是他提供參考資料的。」

馬可靠著牆，仰起頭沉思了片刻後，說，「我們得去見見他，你和我的思維模式似乎是一樣的，他的想法就很不同。」

艾爾站起來，沒有附和馬可的提議，只是說，「我走了。」

「去哪兒？」

「散步。」

「喂——」

艾爾提著經過特殊改裝的保溫盒滿校園閒晃，希望可以找到小白。

後來，蘭尼聯絡他，告訴他小白已經回家了。

艾爾又拎著保溫盒繼續在街上晃了一會兒才回家。

他還是想不明白小白為什麼會生氣。

地球女孩子有時候很奇怪，她們明明是生氣了，可是當你問她為什麼生氣，她就會對你微笑，說，「沒有啊。」

然後她裝著和平時一樣，和你交談、上學、吃飯，但是明明有什麼與之前不一樣了。

男孩子會覺得：不告訴我為什麼，我怎麼知道妳為什麼生氣？

可女孩子覺得：連我為什麼生氣你都不懂，那麼你是毫無希望的。

第２１章

蠢王子又出包

艾爾所做的「完美的紙杯蛋糕」，最終小白沒有吃。

它們在保溫盒裡待了一天一夜之後，被不解又鬱悶的艾爾一口一口吃掉了。

蘭尼看著躺在地上蜷成胎兒狀、往嘴裡塞蛋糕的艾爾，終於還是忍不住醒他，「艾爾，你做蛋糕的目的是什麼？」

「當然是通過這場對決把馬可擊敗。」

蘭尼搖頭道，「我是問你，你的最終目的是什麼？」

「最終目的？」艾爾捏著一個蛋糕思考，「是……」他猛然從地上爬起來，「啊……我真蠢。」

蘭尼贊同的點頭，「你真蠢。」

艾爾站起來，走到小白房間門外，他靜靜站了幾秒鐘才輕輕敲了敲門。

小白打開門，看到艾爾捏著一個咬了一口的紙杯蛋糕，問道，「嗯?什麼事?」

「這個……」艾爾低頭看了看自己手裡那個毫無賣相、怎麼看都和「完美」搭不上關係的紙杯蛋糕，似乎是覺得很難開口，但終於還是聲音低低的說，「我……我想請妳嘗嘗我做的蛋糕。」

「……」小白看看蛋糕又看看艾爾。你是要我吃你吃剩的這個蛋糕嗎?

「就算是顏色、形狀、質感、香味、口感都完美，」他的臉頰微微泛紅，「如果妳不喜歡的話，如果我做蛋糕的心意……沒有傳達給妳，那這個蛋糕就不可能是完美的。」

艾爾看著小白的眼睛，聲音越來越低，「用美食對決也好，決鬥也好，在零下三十度冰天雪地的天氣赤身露體站在泥巴地裡唱歌也好，不管是什麼形式的挑戰，我都願意接受，不是因為我喜歡挑戰，而是因為我——

「因為我喜歡妳。」

小白沒辦法繼續在內心吐槽為什麼挑戰方式會包括在零下三十度冰天雪地赤身露體的站在泥巴地裡唱

歌——因為任何一個女孩子，不管是哪一個行星的，聽到這句話被艾爾用這樣的語氣、這樣的神情說出來的時候，反應都只有一個。

那就是，臉紅，然後開始心跳加速。

「所以……」艾爾把那個吃了一口的紙杯蛋糕遞到小白面前。

小白接過來，她慢慢的，一口一口把蛋糕吃完。

「……很好吃。好像比馬可的分子草莓蛋塔還要好吃。」

艾爾笑了。

小白仰著頭，也笑了。

和艾爾告別之後，小白回到自己的書桌前，把她握在手心的蛋糕紙杯細心展開，清理乾淨，壓平所有的褶皺。它現在是一張還看得出折痕的白色圓形紙片，上面印有彩色小圓點，在任何超市都能買到。

小白把它夾進一個淺藍色資料夾裡。

小白以為艾爾和馬可的美食戰爭到此為止。她太天真了。

「第二場算他贏的話，也只是一勝一負，沒把他徹底踢出局之前，我是不會停手的！」

聽到小白問他為什麼又在轟炸廚房，艾爾撫一撫圍裙，義正詞嚴的這麼說。

於是他們後來又進行了一場甜點對決。這次小白請麗翁、萊絲麗、小A還有珂洛依一起擔任評審。

結果艾爾以壓倒性的優勢獲勝。

麗翁總結，「一眼看過去就知道能讓女孩子變胖的甜食，不管再怎麼好吃，都不能獲勝。」

她一邊說著，一邊和其他評審把馬可做的松露巧克力海綿蛋糕瓜分殆盡。

艾爾做的低熱量杏仁酥也被打包帶走。

不過，以為這樣馬可就會知難而退，艾爾也太天真了。

「你知道我為了把小白的名字叫準確花了多少時間在私下練習嗎？」馬可嘴角翹起說道，「我發現，至今為止，稱呼她『小白』的人只有我們兩個，所以——」

他做了個毫無善意的手勢，「迦太基必須被摧毀！」

「唔？」艾爾愣住，「什麼是迦太基啊？喂——」

馬可已經揚長而去。

的確，小白在第一次介紹自己的時候，一定會告訴人家她的全名。但是鑒於「小」字對外國人來講太難發音，所以幾乎所有人稱呼她時都會用她的姓，蘇。

艾爾和馬可的第二次對決是學中文大賽。

做為最強的傭兵和縱橫宇宙數千年的拓荒者，賽德維金人的語言天賦十分強大，所以蘭尼、艾爾說起英語幾乎沒有口音，十分純正，不過，中文嘛……

艾爾一開始只會說「蘇小白」三個字，後來又學會了「餃子」、「燒賣」、「包子」、「春捲」以及「豆漿」。

蘭尼比他好一點，因為經常往中國城跑，他跟小白學會了「多少錢？」、「太貴了！」，還有「便宜點嘛～」。

對於艾爾毫無準備就接受了馬可的挑戰，特遣隊員們起初十分緊張，如果艾爾挑戰失敗，那就意味著艾爾弗蘭德計畫徹底破產。

沒錯，賽德維金人把情敵踢出局的挑戰，不僅可以選擇武鬥這種傳統方式，更可以是包括廚藝、文采、歌舞甚至園藝插花在內的，一切能夠顯現出潛在配偶生活情趣的技能。

好在，兩年前就認識小白的馬可，他的中文程度並不比艾爾好太多。

從少年時期就浸淫於某島國二次元文化的馬可，一直以為日文就是中文。被小白告知其實完全是兩種語言之後，他天真的認為日文和中文的區別就像法語和義大利語一樣——都是拉丁語系，語法、詞彙拼寫也都類似。畢竟，對於很大一部分的歪果仁們來說，日文漢字和中文漢字沒太大區別，有些詞的發音也很相似。

小白感到欣慰的是，這次她不用在一眾同學看熱鬧的眼神中當評審了，兩個傻瓜已經報名參加HSK（華語能力考試）。而且，為了保證公平，艾爾向馬可承諾，絕不會藉著與小白同住的機會，私下向她請教或者是趁機練口語。

考試定在明年復活節後，這期間他們每週會一同做一套HSK的試卷來較量，勝負不計，只是作為互相激勵的手段。

每次看到兩個蠢貨在圖書館的角落戴著耳機苦練中文聽力，還用小學生般歪歪扭扭的字體寫小短文，比如泡茶的一二三步驟、A圖語境是啥B圖語境又是啥，小白就有種成功推廣中文的自豪感。

時間就這樣一點一點過去。

終於，在吉爾瓦尼教授手舞足蹈的說明著肽鏈的時候，艾爾——賽德維金神聖帝國與卡寧星系聯盟對銀河控制權戰爭的總指揮官、HSK應考生、立志成為生物系新榜首的燃系青年，感到了一絲久違的倦怠，他打了個呵欠，然後伏在桌子上睡著了。

艾爾在課堂上睡著了。

小白發現艾爾沒有再繼續畫著大多數人看不懂的奇怪圖形做筆記，她側頭，看到她的外星人室友和同學，跟一個地球年輕男孩沒什麼兩樣，側著臉把腦袋靠在自己右手手肘上睡著了。

他的金色頭髮柔順的拂在額頭前面，有些長一點的還遮住眉毛和眼皮。他濃密的長睫毛也是金色的，只是顏色更深一點，尖端翹翹的。

小白回過頭，繼續聽吉爾瓦尼教授講肽鏈的事，可是聽了幾秒鐘，她發覺自己不知道也不在乎那些話是什麼意思。

她扭過臉，又看了看趴在她身邊、左手手肘和她的右手手肘距離十七公分的艾爾。

他真的是用一隻手就能把地球炸毀幾百次的傢伙嗎？他離我這麼近，我一伸手就可以用筆戳他一下。而且……他看起來真的好年輕。賽德維金人一定比地球人老得慢很多。按照蘭尼的說法，他已經來地球十年了，可他看起來還是二十出頭的樣子。那麼……艾爾究竟多大了？也許肉體衰老得慢，也導致他們精神上的不成熟？

走神了幾秒鐘，小白又把注意力轉回教授身上。這時，教授講了一個關於癌變細胞的笑話，蘇小白和其他聽不懂教授冷笑話的學生一起呵呵呵的裝笑。

我究竟是怎麼了？

她問自己。

第２２章

小白的悸動

我究竟是怎麼了？

自問的同時，小白又不自覺的把目光投在艾爾由於熟睡而顯得比平時溫和稚氣的面孔上。

他的上唇總是看起來微微翹起，下唇中間微微凹陷一點點，就像有隻隱形的手指輕輕按在了上面……

我真的想太多了！聽課聽課！

抬起頭看著教授頭頂那縷不願暴露主人地中海真相的頑強頭髮，小白努力的想要跟上教授講解的內容，可是再怎麼努力都是徒勞。

小白再一次看著艾爾的時候，想的是：我現在好想用手指碰碰他的嘴唇，看看他唇上那個小小的凹陷是不是剛好適合我的食指。

就算他醒了也沒關係，我這是在叫醒他好好聽課呢！是為他好！

當她那根邪惡的手指離那兩片看起來很漂亮、摸上去彈性應該也不錯的嘴唇只有不到一公分的距離時，艾爾醒了。

他的綠色眼睛在一瞬間由迷惘變得清澈，然後，他稍微有點驚訝的「嗯？」了一聲，坐起來看著已經迅速撤退的小白，「怎麼了？」

「沒什麼。」她坐得很正，目不斜視，「你睡著了。」

小白在撒謊！艾爾皺一下眉。

雖然神態和平時上課沒什麼差別，但是──

「小白妳的耳朵怎麼發紅了啊？」

「啊啊這是……閉嘴！好好聽課！」小白低斥，然後一臉苦大仇深的跟著同學們對教授的冷笑話哈哈大笑。

艾爾仔細的打量小白。她怎麼了？為什麼激素指數忽然增高了？費洛蒙比平時多了好多……心跳也是。

難道……艾爾垂下腦袋盯著自己畫得像天書的筆記本，握筆的手輕輕發抖。

不會吧？難道說，第一個里程碑終於要到了？

他抬起頭迅速看小白一眼，又垂下腦袋思索。

不能確定啊。上次我就誤會了。如果問出來一定又會被罵變態。

可是……不問的話，那不是錯過了機會？

怎麼辦？要和蘭尼聯繫嗎？

不過……這種關鍵發展的時刻，怎麼能請別人代為決定呢？我還是要自己來。

唔，到底該怎麼辦？想一個能夠不傷害目前融洽關係的試探方法……

於是艾爾醒來之後也沒有用心聽課。他和坐在他一臂之遙的小白一樣，心不在焉的聽著教授講著細胞、介質、免疫系統，隨波逐流的在其他同學哈哈大笑的時候跟著傻笑，然後一臉認真的胡亂記下一些自己也看不懂的筆記。

渾渾噩噩的坐了不知道多久，教授的課結束了。同學們陸續走出教室，只剩下小白和艾爾依然呆滯而緊張的坐在座位上。

「……小白。」艾爾終於開口。不管怎麼樣，要試一試。

「嗯？」小白答應一聲，但是並沒有看他，繼續反覆收拾她的書本文具，把筆一支支從筆袋裡拿出來，再按照長短順序放回去。

「剛才……剛才……我睡著的時候……」艾爾鼓起勇氣問，「妳是不是想對我做什麼？」

他發現了！

小白愣怔怔的看著距離她的臉孔不到二十公分的艾爾，他的雙眼清澈晶瑩，和任何一個地球男孩別無二致。

他發現了！我該說什麼？

「我……」我只是想叫醒你，真的，什麼用筆戳你一下、或者用手指摸摸你下唇那個小窩之類的事壓根想都沒想過！

在小白能夠說出什麼之前，艾爾移開目光，彷彿有點害羞似的斜著眼睛盯著黑板，嗯嗯了兩聲，小聲說，「那個……現在、現在這裡沒別人了，妳想對我做什麼就做吧。無論妳想做什麼我都願意的。」

「啊？」

這、這、這是什麼意思啊喂！你把我當成地球女色狼了嗎？還是說從一開始我心生邪念的時候你就發現了可是還在裝睡啊？

小白面無表情，內心卻有一千頭霸王龍奔過。

艾爾閉上眼睛，臉頰微微泛紅，聲音更小了，他斷斷續續的說，「真的。妳可以……對我……做任何事。」

啊啊啊啊——小白內心的恐龍又倒奔回來啦！不過這次牠們每一隻在狂奔時都扭著脖子閉上眼睛一副任君肆意而為的樣子！

啊啊啊啊——你為什麼要擺出這種誘惑的樣子！就算我不是色狼可是也禁不起這麼用力的勾引啊！媽媽我該怎麼辦?!

「任何事都可以嗎？」小白這麼問的時候，內心一邊在羞恥的流淚，另一邊在無恥而興奮的流淚。

「嗯。」艾爾十分肯定的點點頭，眼睛閉得緊緊的，長睫毛輕輕顫抖。

「那樣的話——我就不客氣了。」

哦天哪我真的做出來了！小白這麼做的時候還在懷疑，我這麼一個戰鬥力不到5的人居然對宇宙間最猛的戰士做這種事情？我？

艾爾聽到「噗」的一聲輕響，在他能辨別出那是什麼聲音之前，有一隻軟軟的、溫暖的小手托起了他的下巴，然後，把掌心和手指貼在了他的右臉上。

肌膚接觸時，賽德維金人敏銳的觸覺讓他能夠感覺到手的主人此刻正分泌著許多腦內啡和腎上腺素，這說明她快樂而激動。

啊……和我一樣呢。她和我一樣！不是我一廂情願。

緊接著，艾爾感到涼涼的一點碰觸到他嘴唇和鼻尖之間的那個小窩，他的鼻端嗅到淡淡的人工合成水果氣味。

這個氣味是什麼？好像很熟悉。啊，而且我有點癢。

覺得癢的艾爾微笑了，那個微涼的觸感就順著他的微笑，沿著他的唇形向嘴角滑去，稍微旋轉一下又回到原點，向另外一邊做對稱的動作。

「好了！完成了！」小白鬆開艾爾，拉開一點距離審慎的觀察。

艾爾慢慢睜開眼睛，問道，「嗯？完了？妳想做的事做完了？」

小白滿足的點點頭。

艾爾看看她手裡還沒蓋上蓋子的筆，舉起自己的平板電腦照了一眼，「妳、妳想要對我做的……就是這個？」

螢幕上反射的影像，他的嘴唇上方被畫了兩撇尾端捲曲的小鬍子。

小白滿意的用力點頭。

嗯，這種程度我已經滿足了。

繼續對殿下你幹些更無禮的事情我暫時做不出來，雖然我知道你已經很用力的在勾引我了。

艾爾愣了一下。

啊……為什麼我會有種我的未婚妻其實是變態的感覺……

不不不，怎麼會有這麼可愛的變態！

這、這個雖然不是戀愛的第一個里程碑……不過，不過也很棒啊！

這可是小白親手畫的！親手哦～只畫給我一個人哦！

呵呵呵，馬可，馬可你想不到吧，小白對我做了很親密的事哦哈哈！而且是在教室裡做的！在這種可以容納幾百人的公共場合做這麼親密的事情……啊，這種摻雜羞恥感的快樂……

吼吼吼～好想讓這傢伙看到呀！

於是小白看著艾爾殿下的神情由失望在一秒鐘內轉換為得意興奮快樂甚至還有點自大。

他笑呵呵的翹起兩撇小鬍子，「哦哦，小白我們走吧！」

呃……是不是有什麼不太對？我欺負外星同學了嗎？正常的反應應該是這樣嗎？

整個下午，艾爾一直戴著小鬍子，樂呵呵的在圖書館角落背中文單字。

這樣特立獨行的傢伙怎能不被注意，不過，遺憾的是直到小白完成了她的功課，馬可一直沒有出現。

艾爾只好自己拍了張照片，發給馬可。

馬可很快回覆：「傻瓜！知道我在幹什麼嗎？我被選中做新的 Lab Manager 唷！等新實驗室建成我就是小白的 Boss 啦～」

艾爾對著簡訊一笑，很明顯馬可不知道新實驗室最大的 Boss 是誰。

回到艾爾弗蘭德1號，艾爾開心的跟蘭尼彙報了「小白對他所做的親密的事」，得到看傻瓜的絕望眼神一枚。

其實，如果蘭尼當時在場，他的結論會不同。

非常不同。

第２３章

慶祝就要來KISS

在忙碌而充實的學習中，時間就過得特別快。很快，艾爾來到地球已經一個多月了。

艾爾抱著學習考古知識的態度對小白的主修進行瞭解，學習過程並不算太順利，就像找個博士生將他扔到古代讓他考四書五經一樣，他很快發現自己想要向小白挑戰並獲勝不是一件容易的事。不過，他有著旺盛的精力、堅韌的毅力，所以目標不是遙不可及的。

相比之下，學習中文要輕鬆一些。但艾爾沒想到那麼古老的語言到了現代竟然演化得幾乎沒有什麼語法。這讓他和他的賽德維金同伴們覺得這門語言實在難以捉摸、玄妙無比。

任何沒有規律的東西都是這樣。一如相愛這件事。

不過，最近這幾天艾爾已經不再為究竟是「一隻狗」還是「一匹狗」的問題苦惱了，因為耶誕節快要到了。

按照蘭尼的說法，耶誕節在不列顛是最重要的節日。不僅具有商業意義，更有其他節日所不能相比的社會意義。

而且……槲寄生……站在它下面就可以名正言順的 Kiss Kiss 啦！

還有還有，耶誕節除了有可以推動戀愛進程的可愛小道具之外，還有一項傳統非常棒！

——那就是互贈禮物。

追求異性時用禮物示好是賽德維金人和地球人的共同傳統。自從艾爾隱晦的問過小白如果送她一座實驗室她會不會答應他的求愛之後，王子殿下對於「送禮物」十分謹慎。馬屁拍到馬腳上說的就是這種情況，一定要避免這種情形發生。

對於送什麼禮物、如何對艾爾弗蘭德1號進行耶誕布置、準備哪些食物飲料等等事宜，特遣隊進行了幾次視訊會議。

原本以為只要找到王子可以接受的對象，接下來什麼追求啊、戀愛啊都會順利得像蘭尼的教學錄影帶一樣。可沒想到，已經過了快兩個月，而艾爾弗蘭德計畫任何階段性的進展都沒有，就算最難的 Hard 模式也不可能玩了兩個月連 Kiss 階段都沒達到吧！

現在，不僅特遣隊員們開始著急，連億萬光年之外的議會成員們也開始坐不住了。

當年大家都對菲力浦親王寄予極大的希望，他到地球後的每一步進展都會被當做最重大的新聞，對在散布在宇宙各處的全體賽德維金人通過通訊波發布。

菲力浦親王與他四位正式配偶相識結合又到分手，他的七個子女從孕育、誕生、一個接一個被判明沒有繼承賽德維金人的特徵，這些都被報導給所有賽德維金人。

人民們的心情也在希望與失望之間反覆了十幾次。

所以，艾爾弗蘭德計畫幾乎是祕密進行的，只有高層議員們和皇室寥寥可數的成員知道這計畫的存在。即使有民眾提出是不是應該再派個王子去地球製造奇蹟嬰兒，也只會收到「議會和皇室已經把這類建議納入考慮範圍」之類既讓問的人感到滿意、又沒有提供任何明確資訊的模糊回答。

可是——如果能有個好消息給大家不是更好嗎？

畢竟，已經有人對和卡寧星系聯盟爭奪銀河實際航路控制權的戰爭不滿了。如果不能和地球人繁殖，也不能利用地球基因解決賽德維金的人口危機，那麼，我們為什麼要浪費資源與卡寧星系打仗呢？

儘管戰爭幾乎是由艾爾一人指揮，使用的能源也大部分是他本身的能量，可是投入的生化兵每一個都價值不菲，而這筆錢當然是全體賽德維金人埋單的。

這就是艾爾和特遣隊員們面對的現實。或者說，艾爾面對的現實。作為帝國王子，他並不是完全自由的。

對艾爾弗蘭德1號最近常常出現的帶著一絲焦慮的興奮，小白並不是毫無所知。

但是她絕對沒有把這上升到國家種族星球銀河的高度，她只是單純認為這是典型的耶誕節焦慮。

也許蘭尼和艾爾在考慮該買什麼禮物？也許他們在發愁到哪去弄棵不大不小的耶誕樹？也許是在想烤餡餅到底是甜的還是鹹的？

她早就把禮物準備好了呵呵呵。

至於布置呢，有身高一百八十五公分的蘭尼和一百八十七公分的艾爾，哪用得著一百六十三公分的她。

節日前的大掃除工作也輪不到她。以前，她以為蘭尼是個熱愛做家事的好青年，但後來她發現負責打掃洗衣刷鍋洗碗倒垃圾等一切家務的，是蘭尼藏在吸塵器裡的一群小機器人。

它們速度極快，效率極高，可以獨立工作，也能組隊完成任務。

而且……長得還挺可愛的。它們每個都是只有爆米花大小的小圓球，啟動時圓球身體上會出現兩個小光點和一條弧線，看起來就像是眼睛和嘴巴，然後滾動一下，伸出火柴棒似的四肢，連跳帶滾的跑來跑去，彼此間用長短頻率不同的嘰咕聲進行交流。

這種小機器人不僅有智慧，還有情緒和個性，家務太多的時候有一些就會明顯的不高興，有一些還會跳到蘭尼肩膀上嘰哩咕嚕的發出些噪音。這時蘭尼會拿出一個骰子大小的小方塊，小機器人們就歡天喜地的抬著小方塊回吸塵器裡了。

有了這些萬能的小機器人，一切節日的準備工作都用不著她，所以，小白在耶誕節到來之前能做的，就是把買好的禮物包好藏在衣櫥裡，然後感受著快樂的節日氣氛，計畫在新年大打折時買什麼特價東西。

小白大學生涯至今唯一交到的朋友麗翁同學，在熱烈的節日氣氛中也倍感焦慮。她焦慮的理由和艾爾不同，卻和他們有關。

那位一開學就開了三千字論文作業的變態老師霍斯，在耶誕和新年假期來臨前又有變態之舉。

他要求班上的同學兩人一組，在假期結束之後共同完成一篇四千字的論文。題目出了四個，一個比一個生僻怪異，無論選哪一個都保證爽到極點。

這也沒什麼。麗翁知道她會沒事的，因為從一年級開始這樣的危機就是小白幫她度過的。可是當她轉過頭對小白露出柴犬般的討好微笑時，卻發現艾爾正目光灼灼的看向她。這目光說不上是頂級捕食者的獵殺眼神，但也絕無善意。

麗翁心頭一涼。

果然，艾爾對她露出冷酷的笑容，勾勾食指，「妳！這次妳和我一組。」緊接著他換了溫柔得像水一樣的眼神和語氣對小白說，「這次讓我和麗翁一組吧！好不好？」

事情就這麼定下來了。

下課後麗翁鼓起勇氣問艾爾，「為什麼你想和我一組？」

艾爾掃她一眼，繼續看自己面前的螢幕說道，「因為我想和小白一較高下。合作對象的水準越低，就越能凸顯我的個人能力。」

麗翁噴淚。

孰料，艾爾對她的打擊還沒結束，「老實說，我一直好奇為什麼妳不轉系或者乾脆退學呢？妳明明對生物學、化學還是基因學一點興趣或天賦都沒有。妳究竟是怎麼入學的呢？」質疑的眼神上下打量，「難道說……妳家也捐了兩座實驗室？」

噴淚！

是的，沒錯，有一座閱覽室是用我們麥克米倫家的名字命名的，可是我入學成績也沒有很差啊！

麗翁淚奔。

艾爾冷淡的在她身後提醒，「雖然分組論文絕對是我一個人完成的，但不要以為妳不用參加每一次規定的討論。記得，要準時。我耐性一向不好。」

你以為你是誰啊！不過就是個睫毛比較長的死魚眼！

麗翁腹誹，不過她不敢惹這個混蛋死魚眼，所以還是垂頭喪氣的走回來，老老實實記下艾爾計畫的討論時間和地點。

死魚眼！敢得罪閨蜜？你等著吧！我可是有仇必報的陰險小人！肯定在小白面前說你壞話！

「嗯？」艾爾側首看她一眼，雙眼彎成月牙，笑了，「妳想的很大聲嘛！都用眼神說出來了呢。告訴妳哦，膽敢破壞我和小白感情的任何事物都會被消滅唷～」

嗚嗚嗚～惡魔！麗翁同學淚奔敗退！

歡樂的節日氣氛下，這種被奴役、被迫和死魚眼合作的感覺就更加悲慘。

不過，麗翁很快得到一個暗中報復艾爾的機會。

第２４章

得罪閨蜜還想跑?!

自從第二次甜點對決結束之後，兩大變態都意識到小白對這種高調的追求方式不大喜歡，所以不約而同的採取了低調安靜的方式。

但是競爭的激烈程度絲毫未減。

這天下午在圖書館，麗翁和艾爾進行小組討論時，馬可跑來找小白。

他帶來小小一束勿忘我，用極細的淡紫色絲帶繫著，站在小白背後的時候輕輕放在她的電腦鍵盤上。

見到漂亮的花，通常女孩子的第一反應都是微笑，所以，小白也拿起小小的花束，轉過身對馬可笑了笑。

在學習中文時，馬可學到一個詞叫「見好就收」。這個詞包含了古老玄奧的中華哲理，對他而言，有著振聾發聵的效果。所以，見到小白的微笑，馬可遵循東方的含蓄精神，含情脈脈的對她揮揮手就離開了。

不過，在馬可意態瀟灑的走出小白視線所及的範圍之後，他立刻從另一個方向跑回去，躲在書架後面偷偷觀察她的反應。

見到她不像平時那樣把他送的東西隨手扔進書包、口袋，而是把小花束放在電腦旁邊時不時看一眼，馬可的心怦怦跳著。啊啊啊，小白看著花的時候一定是在想著我……

正在歡喜的時候，有人在他背後冷哼一聲。馬可回頭，看到艾爾抱著雙臂站在他面前。

「怎麼？你有意見嗎？」馬可隨手從書架上抓本書翻開，「別以為最近我為了組建新實驗室的事情比平時忙了點，你就會占上風。」

艾爾抬起下巴，斜睨他一眼，「是嗎？」

他轉身走了，回到自己座位上翻來覆去的折一張白紙。

十幾分鐘後，小白的鍵盤上又落下一朵花。一朵玫瑰花。

不過，這次的花是用白紙折成的。

小白拈起玫瑰花。紙質的花很輕，可在她指尖撚動的時候，旋轉姿態之美不亞於真花。

在花萼的部分，層疊的折印邊際寫著一句唐詩。

這幾個字顯然是在折紙前先寫上的。字跡在折痕邊上，端正雋秀，已經頗得書法妙諦。折這朵花的人一定早在私下練習過很多很多次，不然怎麼會知道字寫在哪裡最後才會出現在這裡。

小白看看給她玫瑰花的艾爾。他感受到了她的目光，但卻不去看她，繼續對著自己面前的電腦劈里啪啦敲打鍵盤，只是臉頰漸漸越來越紅。

輕輕呼口氣，小白把花放下，想要接著寫她的報告，可是打出來的全是「怎麼辦怎麼辦怎麼辦」。

這時麗翁站起來，艾爾立即用凶惡的口吻低聲問，「幹什麼？」

「去、去廁所。」嗚嗚，和你坐在一起做作業我就頻尿啊老大！

艾爾不再理她。麗翁飛奔出去。

幾分鐘後，她聽見小白在女廁隔間外面叫，「麗翁，妳還在這裡嗎？」

「我在！」她連忙答應，「艾爾叫妳來找我？」

「不是啦！」小白哀嘆，「妳為什麼那麼怕他？」

「我也不知道。」過了一會兒麗翁推開門，「妳跑出來幹什麼？」

小白半天沒吭聲。她垂下頭，背靠在學校古老而陳舊的白瓷洗手臺上。

麗翁一邊洗手，一邊看她，問，「妳怎麼了？」

小白欲言又止。

對八卦氣息敏感的麗翁立刻燃燒了。她把雙手隨便在裙子上擦乾，持續追問，「喂——告訴我吧！妳怎麼了？」

小白有點尷尬的擠出笑容說道，「呃……我想……我是說……」她把小腦袋轉向一邊，盯著天花板，

「那個……馬可，和艾爾……」

麗翁明白了。她湊近一點，壓低聲音，「走，找個人少的地方。」

她們去了圖書館後面的經濟系大樓。那裡一樓有個賣熱飲的販賣機。

一人捧了一杯熱可可，小白熟門熟路的帶著麗翁跑到溫暖的影印室。

「所以，我想問妳的就是……」小白摳摳她的紙杯，支支吾吾問道，「我該怎麼辦呢？」

「什麼怎麼辦？」麗翁假裝沒聽懂。

小白愣一下，改變口氣，「啊……下一個分組論文妳也和艾爾一起做好了～」

「天！妳怎麼變得這麼邪惡！」麗翁噴淚，「不要啊！」

「哼。」那妳還逗我！

「妳不想讓現在這種情況繼續，對嗎？其實很簡單，只要妳做出選擇，那麼他們之間的戰爭就停止了……」

呃等等，不能這麼說，這可是一個報復死魚眼的機會！

麗翁中途改詞，「不過呢——現在這樣有什麼不好呢？馬可人很可愛，雖然有時候對妳熱情得太過分，但這也是因為喜歡妳啊？」

「喜歡就可以做那些痴漢一樣的事情嗎？」

「呃……好吧，可是他幫了妳很多忙不是嗎？比如幫妳做化學試劑啦、借他自己的書給妳啦，還送妳很多很可愛的小禮物，對不對？」

小白沉默。

「至於艾爾呢……」麗翁在內心嘿嘿陰笑，死魚眼，你慘了！她繼續說下去，「艾爾也不錯啦！幫妳占座位、幫妳排隊，在家還做飯給妳吃、叫妳起床。有這樣的室友多好啊～

「一個女人能有幾年這樣的時光啊，同時被兩個這麼帥的男生追求！妳要珍惜！珍惜！並且儘量延長這段美好的時光，盡情享受他們的心意吧！」

「……」小白低下頭，認真的覺得地球人也許在某些方面的道德標準真的不高。

麗翁想了想小白一貫的作風，覺得自己得換一種說法，「這樣做也是必要的啊。」

「必要的？」

「沒錯。妳想想，如果妳答應了馬可，那妳怎麼和艾爾同處一室呢？就算妳另找住處，可我們還是同班同學呢。每天看到他哀怨的眼神一定很難受吧？但如果妳答應了艾爾呢，按照馬可那種驕傲的性格，肯定不會再理妳了，妳好意思問他問題、要他的試劑、用他的儀器嗎？」

小白捧著熱可可不說話。

「我是這麼想啦，呵呵，」麗翁整理一下自己的頭髮，撇開責任，「最後做決定的人還是妳啊。」

「妳說的都對。」小白皺眉，「不過——」她的臉龐忽然有點熱，想要說的話也說不下去了。

那天傍晚，小白像往常一樣跟在艾爾身後走回艾爾弗蘭德1號。

而艾爾則像往常一樣，走到山腳下那家玩具店時，就會停下來站在櫥窗外面。

橙色的路燈早早亮起，陰冷潮濕的寒風並沒有因為耶誕節的接近而有絲毫減少，小白抓住差點要被風吹下來的帽檐，吸吸鼻子，站在一旁。

艾爾今天也和之前一樣，把右手貼在玻璃上，看櫥窗裡擺放的那幾隻在玩具屋裡的小熊。

小白不明白為什麼這麼大的人會喜歡這種東西。艾爾看熊的時候就像女孩子在珠寶店櫥窗外面看那些鑽石的時候一樣，他會一隻熊一隻熊認真的看過去。

不過，他總是看得最久的那隻熊今天不見了，那是一隻戴著絨線帽子的熊，站在玩具屋門口。

艾爾輕輕「咦」了一聲，皺皺眉毛，回過頭看向小白，似乎是有點失望，「我們走吧。」

於是兩人繼續一前一後的走向小山坡。

小白看著艾爾被風吹動的頭髮，笑著在心裡說：傻瓜，你很快就會有一隻那樣的熊啦。

回到家，不知道是不是艾爾用通訊波和他說了些什麼，蘭尼也一樣有點無精打采。

廚房餐桌上攤開著幾本耶誕節的食譜，蘭尼對艾爾說了句，「你要的東西我幫你買來了。」然後就一手托腮繼續翻看食譜。

艾爾坐在餐桌前發了會兒呆，然後說，「蘭尼，今晚不用做飯，烤冷凍披薩吧。另外，我們有燭臺和蠟燭嗎？我想點蠟燭吃晚餐。」

他們怎麼了？也許他們的星球這時候也是節日？所以他們想家了？

我從來沒問過他們的星球在哪裡，到底有多遠。

不管有多遠，他們可以自由來去，可我卻不能。所以問了也沒有什麼意義吧？

麗翁一開始說過，只要我做出選擇，他們之間這種無聊的爭鬥就會停止。

唉，她不知道啊。我根本沒有選擇的權力。有太多太多是我不能控制也無法企及的……

想到這裡，小白忽然有點後悔。

我不該買那隻熊的。太……私密了。應該隨便買個什麼東西送給他，一點也看不出來誠意的那種東西。

也許還來得及，預算也還有。雖然這個月我多給了蘭尼一百五十英鎊菜錢和裝飾費用。

啊……該買什麼呢……

三個人各懷心思，在燭光下食不知味的吃完了晚餐。

第二天放學，小白向艾爾說自己有東西要買，讓他先回家。

市中心的節日氣氛更加熱烈，所有商店不論大小都播放著耶誕歌曲，街道兩旁的路燈掛著亮閃閃的各樣彩燈。

小白在人潮中慢慢移動，走進她原先最喜歡的那間香氛店，買了一盒松木香精油蠟燭禮盒。

小白看看手裡那個繫著黑色絲帶的米色盒子，它昂貴、漂亮、毫無個人色彩，和她設想的一樣。可是她並不高興。

第２５章

對不起，艾爾

很快，只剩一週就要耶誕節了。學生們個個都處於亢奮的節日狀態，老師們也一樣，基本上沒有課了。學校裡的各個建築被裝飾得充滿節日氣氛，玻璃窗噴上了雪花，貼著馴鹿雪橇的貼紙，門上掛著用松枝和結著紅色漿果的冬青做的花環，當然，還少不了掛上了各種小飾物的耶誕樹。

整個校園都瀰漫著松木的香味。這種氣味讓小白心口發悶，總想找個理由走開。

小白再次穿上外套、把艾爾和麗翁扔在圖書館自己出去亂晃的時候，去了她平時不會去的閱覽室。在門口的公告板上她看到一則徵人啟事。皇家郵政在耶誕期間急徵工讀生。上班時間晚間十點至早上六點，時薪優厚。地點就在大學附屬醫院對面。

工作也很簡單，按照郵遞區號分揀信件，不需要培訓。大概是耶誕卡太多了。

小白打電話去問還缺人嗎，接電話的人說現在就來填表簽訂契約吧少女。

於是她這次閒晃的時間很長。

艾爾在圖書館等得坐立不安的時候，小白回來了。

她收拾一下東西對艾爾和麗翁說，「我回去睡覺了。你們繼續。」

「嗯？」艾爾一愣，問道，「妳不舒服嗎？」

「不是。我晚上要去打工。」

「打工？」

艾爾宣布討論提前結束，和小白一起回家。他聽小白找了新打工，直截了當的說，「不要去。」

「時薪很好。」

「不要去。」

艾爾還沒能說出「妳沒看報紙嗎最近學校附近出了好幾起搶劫案夜班太不安全了那點錢算什麼」之類的話，就被小白不耐煩的眼神嚇得閉嘴了。

沉吟一下，艾爾讓步，「那我陪妳一起去。他們還缺人嗎？」

「不用。」不知為什麼小白今天的耐性很不好。她皺緊眉毛，繞過站在她面前的艾爾，低著頭急匆匆的向前走。

艾爾追上來，急急的說，「那……我送妳過去，再接妳回來。妳下班之後等著我……」

「我說了不用！」小白急剎車站住，對身旁的那個人大喊，「不用！不用！我不用你……」

她望著他的眼睛，忽然什麼都說不出來。

艾爾看著小白，不知所措。為什麼她快要哭出來了？我說了什麼讓她這麼生氣？

垂下腦袋急促的呼吸幾下，她又抬起頭，「對不起。」橙色的路燈下，她的眸子看起來也像此時他們呼吸的空氣一樣潮潮的，「我不能再接受你的好意。」

艾爾覺得很困惑，他不明白自己為什麼會覺得身體哪裡有種被針刺了一下的感覺，淺淺的一刺，不是很疼，可是痛感卻一直不肯退去。

「為什麼？」他沉默一會兒才問。

「因為你給我的，我回應不了，我也不想回應。」說畢，她抿緊嘴唇。

艾爾用力的看著她的雙眼，想要找出什麼，可是最終徒勞無功。

「……我一直想問妳，可是又一直很怕知道答案。」他走近一步，呼吸輕拂在她臉上，「妳是不是已經有喜歡的人了？」

小白立刻把臉偏向一邊說道，「沒有！」

「沒有？」艾爾的眼神頓時變得柔軟，「那妳為什麼不願意給我機會呢？我……」

他的手指輕輕落在她耳邊的髮絲上，又順著那縷髮絲滑到她肩上。

小白猛然閉上眼睛大喊，「對！我已經有喜歡的人了！所以——」她轉身疾走，「別再理我了！」

她走了很久，艾爾沒有再跟上來。

走到通向小山的臺階時，小白終於回頭。

艾爾還站在路燈下面。橙色的燈光在他頭頂打了一個光圈，把他包裹住。他看起來就像在發著光。

對不起，艾爾。對不起。

看到穿著馴鹿圖案圍裙、頭上戴著馴鹿角裝飾、捧著一盤剛出爐的烤餡餅的蘭尼，小白努力了幾下才擠出一個笑容。

「快嘗嘗！嗯？艾爾呢？」

小白抓了幾個果肉餡餅，「一定很好吃。我去睡覺了。」說完，為了避免蘭尼問來問去，她給了他一個「你懂的」眼神。

蘭尼愣一下，微笑著點點頭，「去吧去吧，現在我沒有設置自動收集了！」

她怎麼能睡著呢。

在黑暗中翻來覆去了很久，小白爬起來走到窗口前。

不知道艾爾去了哪裡。他還沒回來呢。

他該不會還站在那吧？

她站在窗口向外看，可是，除了山下朦朧的燈光，什麼也看不到。

最終，小白帶上她的 iPod 和一包仙貝出發去皇家郵政。

到了山下，她走得慢慢的，四處亂看，一路上都沒看到艾爾。

到了郵局，小白還是決定打個電話給蘭尼。就算不是外星王子，失蹤了也是大事一件。

電話響了很久蘭尼才接，他像是剛哭過，聲音粗粗的，「小白？」

「你怎麼了？」

「我在看《北非諜影》，哦哦，好感人！什麼事？等等，為什麼妳在外面？」

「艾爾回去了嗎？」

「咦？為什麼他也不在家？」

小白把電話掛了。你真的是軍事參謀嗎？難怪艾爾從不聽你的。

信件分揀工作就和小白想像的一樣枯燥無聊，並且，和她同組的一個華人男生，從開始工作就不斷向她搭訕，但一個小時之後他似乎被心不在焉的她打敗了。

午夜十二點的時候，監工宣布休息十五分鐘，喝喝茶，聊聊天，有菸癮的跑到外面吸菸。

那個華人男生又捲土重來。

小白尿遁了。她回來之後戴上 iPod 耳機聽歌。這次，那男生終於收到她「別煩我」的訊息。

下班的時間規定是六點，但到了五點半，監工就宣布讓大家收拾東西準備下班了。

難怪有人的賀年卡寄了整整一年才到。小白心裡吐著槽，但也高興終於可以回家睡覺了。

走出校園，沒有人和她同路。路燈還是亮著，可是街道空蕩蕩的，沒有人、沒有車、沒有還在營業的店鋪。

一片昏黃的寂靜。

小白走得很快，跟著耳機裡的音樂節奏加快步伐。

經過另一個無人的路口時，她習慣性的看有沒有車才繼續走，結果——路燈此時從她背後照過來，投射在地上的影子，除了她自己，還有一個。

瞬間冒了一身冷汗，可小白並沒有停下或是減慢步伐，她也不敢回頭。她只是把口袋裡的 iPod 音量調到靜音。

是誰在跟著我？跟了我多久？這人想幹什麼？

啊……想起來了，布告欄張貼的新訊息說，最近學校附近接連發生了幾起搶案。想到這裡她的心怦怦急速跳動。

不，也許是艾爾，他跟著我來了。

這種幾乎是在絕望下所產生的僥倖想法又即刻被否定。跟著她的那個穿著連帽衫的人，從影子看沒有艾爾高，走路的姿勢也不像。

小白怕得腿都要發抖了，她只能加快步伐，希望自己趕快走到艾爾弗蘭德1號山下的臺階。蘭尼說過，從那裡開始就是艾爾弗蘭德1號的範圍了。

她竭力克制自己想要發狂奔跑的衝動，盡力裝得冷靜。

而那個尾隨她的人似乎也很緊張，他的影子有時候會投射在牆壁上，斜斜的、長長的，探著腦袋，雙手插在口袋裡，看起來像是某種食人怪獸。

要打電話報警嗎？可是拿出電話的時候那傢伙就會撲過來吧？來得及跟警察說我在哪裡嗎？公告不是說他們增加了這附近的巡邏嗎？他們在哪兒呢？隨便來一個吧！快點！

就算警察叔叔不來，耶穌、耶誕老人，誰來都行啊！

快點來！

第２６章

謝謝你，艾爾

擔心拿出電話的那一刻，後面的黑影會被刺激到做出什麼突然的舉動，小白只好後悔自己為什麼不把電話放在口袋裡。如果電話在口袋裡，那麼按重播鍵就會打給蘭尼。這笨蛋再蠢也會覺得自己一直不說話一定是出事了。

唉唉唉！

走近下一個路口，小白對滿天神佛的禱告似乎奏效了，那個黑影不見了。

真的走了？

正當她心情剛要放鬆時，從她斜前方的小岔道裡跳出來一個人，正是那個穿著連帽衫的黑影！

那個傢伙手裡拿著一個在路燈下反射著晶光的東西，壓低聲音，「喂！China Doll，給我……」

還沒說完要搶什麼，這傢伙已經側飛出去，飛了一、兩公尺之後擦著地面又滑行了幾十公分。然後，匍匐在那裡不動了。

「啊——」小白尖叫一聲。

驚魂未定的小白看著不知從哪裡蹦出來一拳揍飛歹徒的艾爾。

他緊張的跑過去，彎下腰看了看那個倒楣蛋，像是在自問又像是在問小白，「啊……他不會死吧？」

我、我怎麼知道啊？而且……通常這個時候不是應該問我有沒有事嗎混蛋！

這時，她看清了那人拿的是一把美工刀，刀刃還反射著燈光，雖然已經斷成幾截了。

似乎確認倒楣蛋不會死掉，艾爾輕咳一聲，抬頭盯著路燈辯解道，「我……我只是睡不著出來散步，才、才不是一直跟著妳呢。」

傻瓜，誰信啊？

小白仍然微微發抖。她一步一步走到艾爾身邊，「我……」

該說什麼？對不起？謝謝你？

為什麼我還在發抖呢？我已經安全了，不是嗎？為什麼……

「咦，妳怎麼哭了？」艾爾伸出手，猶豫一下，手指在距離小白的臉一公分處停下，「妳……」

聽說人類的情感最為脆弱的時刻，是黎明日出前後。

可是在這個極北國家的冬天，要幾個小時之後才會日出。

所以，小白接下來的舉動無法以「脆弱」來解釋。

她抓住艾爾停滯在她臉前的手，把它按在自己臉上。

「其實你一直跟著我對不對？」她的淚流得更多了。

艾爾沉默一下，然後回答道，「……嗯，一直跟著。」

「那你怎麼不早點出來啊！」小白愈哭愈凶了。

我剛才嚇死了你知道嗎！你肯定不知道！你只會覺得戰鬥力平均值不到5的傢伙你一揮手就能打飛，急個屁啊！

「別哭啊！」艾爾趕快從自己口袋裡取出一塊手帕安慰道，「我一直跟著妳，妳不會有事的。」

艾爾用手帕擦拭她洶湧的眼淚，聲音帶點委屈，「我怕妳不高興。」

……原來是為了這個嗎？

「笨蛋！」小白忽然又覺得好笑，她的鼻子應景的發出怪響，艾爾也笑了。

相視而笑了一會兒，她小聲說，「對不起。那個時候……我、我騙你的。」

「嗯。我知道。」

「你怎麼知道？」

「我就是知道。」

我還知道妳走上臺階之後回頭看我，我還知道妳哭了，我還知道妳站在窗口向外看，也許是在找我，我知道妳為我擔心，妳打電話問蘭尼我有沒有回家。我都知道。因為，我一直一直跟著妳，如果妳不想看到我，不需要我，那我就不出現。

不過，艾爾沒有說什麼，只是沉默的看著她。

小白覺得自己的臉頰開始發燙，她避開他的目光，說，「我們回家吧。」

「嗯。」艾爾答應一聲，鬆開她的手，走在前面，像往常一樣。

小白呆一下，看看自己被鬆開的手，又看看正回頭看她的艾爾，無奈的抽抽嘴角跟上。

笨蛋艾爾。

被艾爾緊急呼叫的蘭尼跑到山下負責善後，他把那個仍然昏迷不醒的倒楣蛋扔到警察巡邏的路線上，回到了家。

艾爾向蘭尼彙報一切，被連續敲腦門N次。

「你這個蠢貨！」蘭尼咬著嘴唇瞪他，「她那種笑是苦笑。苦笑！你懂嗎？難怪臉長得不錯可是整個青春期都沒有女生追過你！」

蘭尼氣得想要翻白眼了，「當一個人感到極度無奈時就會苦笑。知道嗎？那個時候，你其實可以有幾種選擇，每一種都比你做的要好！最普通的就是繼續牽著她的手，一起走！」

艾爾張大眼睛，驚訝道，「啊？可、可以這樣嗎？」

「當然可以。更激進一點的選擇是擁抱！因為受到驚嚇之後，地球的女性都會本能的尋找堅強可靠的溫暖懷抱，這叫做依賴性！」蘭尼把一疊他收集的光碟書籍摔在後悔得要哭的笨蛋面前，「哼，現在你終於明白我準備的資料有多麼重要了吧？你不是也看了很多愛情小說嗎？為什麼一點常識都沒有？」

他翻翻艾爾借閱過的書，然後抱著雙臂冷傲的笑，「這種一看就知道是臭男人寫的意淫文你看了有什麼用?!蠢貨，你以為女孩子真的像這種小說裡寫的這樣，突然間就開竅了想要和男人ＯＯＸＸ嗎？幼稚！還有——莎士比亞的十四行詩大多是寫給他的贊助者，一位男性。」

似乎還沒有滿足，蘭尼繼續打擊艾爾，「你知道嗎，其實當時小白已經在主動了，你甚至可以直接吻她！」

「什麼？」艾爾深吸氣，不可置信問道，「可以這麼做？」

「你可以吻掉她臉上的淚珠啊，然後抱緊她輕聲安慰，接著呢，如果她繼續回應你，說不定你還可以……咳、咳。」

艾爾石化了。一秒鐘後他癱倒在地板上無意識的摳著地毯小聲喃喃。

蘭尼瞥他，怒道，「什麼時光機啦！沒有那種東西！」

再怎麼笨、再怎麼不開竅，可他還是我的朋友啊。唉。

嘆口氣，蘭尼換個溫和點的語氣，坐在他身邊說道，「唉，我最近認識了一個女孩子……」

「嗯？你認識了一個女孩子?!」

「在網上認識的啦！」蘭尼臉紅一下，「我跟她說了你和小白交往的大致情形，她說你最大的弱點是會把一件很浪漫的事弄得十分無趣、甚至令人生氣。」

「不用她說我也知道了。」繼續無精打采摳地毯毛毛。

「可她也有建議哦！我覺得還不錯。」蘭尼說著打開他的個人電腦系統，牆壁上映出一系列圖片資料夾，「這些是少女漫畫，很多女孩子——尤其像小白這樣沒任何戀愛經歷的，心中憧憬的浪漫場面都包含在裡面了！」

艾爾坐起來伸手接收檔案，「謝謝你蘭尼，我會認真學習的。」

蘭尼笑著擺擺手，他忽然想起，這好像是他為這位王子做參謀之後，第一次意見被採納。

蘭尼推開門正要離開，艾爾又叫住他。

「什麼事？」

「嗯……」猶豫了一下，艾爾還是問了，「蘭尼，你知道為什麼情侶喜歡牽著手走呢？兩人身高、體重、步姿不同，這樣走不是很沒有效率嗎？而且雙方都不會太舒服吧？」

「這個啊……」蘭尼抓抓頭有點困擾，「我也不知道。我們星球的情侶一起出現的情況不多。嘖，這麼一想，就連陛下和皇后也從來沒有牽著手走啊。」

沒錯。賽德維金最剽悍、最著名、收費也最高的傭傭兵夫婦通常都會以標準軍姿一同出現。

「牽手……這種動作連前戲都算不上。唔，真是不明白為什麼地球情侶會熱衷這個。」

「如果是為了速度一致的話，那麼抱起來走不是更好嗎？」

在艾爾和蘭尼的概念中，這種行為和性無關，他們無法理解為什麼它會成為少女漫畫中三個里程碑的第一個。

啊，順帶一提，看過少女漫畫之後，蘭尼和艾爾才發覺，說不定在小白心裡，戀愛的三個里程碑不是接吻、撫摸和本壘，而是牽手、擁抱和親親。

這種認知讓他們想哭。

第２７章

少女漫畫的浪漫

第二天，小白一直睡到快要中午才醒。

艾爾窩在床上看了幾十本少女漫畫，也直到中午才慢吞吞走進廚房。

他和麗翁還有最後一次「討論」，所以也要和小白去圖書館。

吃完早午餐之後，小白換了衣服走下樓，艾爾已經眼巴巴的守在玄關那裡了。

唔。為什麼我有種不太好的預感……

小白一邊想一邊走到鞋架旁邊換上她的 Converse 帆布鞋。

答案在這一刻揭曉！

「啊——」

她張大嘴巴，目瞪口呆的看著艾爾以迅速標準的軍人姿勢下蹲、單膝跪地、俐落的替她繫好了鞋帶。

「鬆緊合適嗎？」艾爾瞇著眼睛微笑。

眼角和嘴角都要開始抽搐了的小白愣愣，「嗯？嗯嗯。很合適。」

「那我們出發吧！」艾爾歡樂搖尾。

Yes！第一項少女漫畫經典浪漫場面——繫鞋帶！完成！

啊啊啊……小白跟在他身後走下樓梯，越發不安。

這傢伙到底看了些什麼奇怪的東西？一定是蘭尼！一定是蘭尼給他了什麼奇怪的東西。

和正常的少女不同，優等生小白一直到高中還留著男孩子般的短髮，不僅沒有交過男友，連憧憬對象都沒有過。

走到樓下，艾爾又一如既往走在前面，不過，這次他會先以追擊式的行軍速度走一段，接著減慢步速，或者乾脆停下來轉過頭，溫和的看著小白奮力追上，然後對她溫柔的微笑，再繼續走在前面。

快到圖書館時，小白終於喘著氣把外套的釦子解開，「艾爾，等等，我又累又熱！你能不能……」

艾爾嗖一下跑回她身邊問道，「要我抱著妳走嗎？」

「嗯？」蠢貨好像又要說什麼不得了的話了……

「這樣我們行進的速度就一致了！」他快樂的解釋，還微笑著伸出了雙手，一臉期待。

這外星人的腦部構造和我們果然不太一樣。

小白謹慎的問，「你要怎麼抱？我是說，如果我要求的話，但是我現在不是在要求喔！」

艾爾雙手放在胸口右側，「這樣！像士兵拯救傷兵時一樣。把妳的腰放在我肩上，一手抓住妳的一條腿保持平衡，另外一隻手還可以隨時應付危機。」

啊……我知道了。《拯救雷恩大兵》還有《阿甘正傳》裡的美國大兵都是這麼抱受傷的同袍的，就是扛米袋的那種抱法。

「可是我沒受傷啊！」她真的想知道王子殿下腦子裡在想什麼，「而且，這裡有什麼危機？」

艾爾皺皺眉似乎正在思考，「我也很想知道，為什麼你們的電影、漫畫裡男人都會這樣抱女人呢？」他把雙手放胸前做個公主抱的姿勢，「這樣子，女生如果穿著褲子還好，穿裙子的話不是內褲都露出來了嗎？」

「大概是因為這樣抱他們可以四目相對吧？」這話說出來小白立即拍了自己腦袋一下，為什麼我要跟你討論這個？「好了好了，我們走吧，我有一些書要趕快借，今天過後學校就放假了，圖書館要新年以後才開門。」

說著她走在前面，艾爾跟上來，他還在糾結著怎麼抱的問題。

「非要用雙手抱也不是不可以啦，這樣，這樣就行了，內褲就會被裙子包住，可是——」他轉到小白身前，繼續思考著，「那男生不是得用一隻手捂著女生的……嗎？」說完他臉紅了一下。

小白仰天長嘆。我為什麼要問那麼一句啊！多嘴！

她揮揮手，隨口不負責的說了句讓渴望公主抱的少女心碎成渣渣的話，「要嘛是那女生想要露內褲，要嘛是她想被摸屁股。快走吧，反正我不想被抱著走。」

「哦。」

艾爾側頭看看小白，她和他說話的態度在一夜之間有了很大的不同，不再是之前保留距離的客氣、迂迴，變得直接而坦率。

昨天傍晚時讓她無故發怒又流淚的那些因素暫時蟄伏了。可是，他依然不知道那東西是什麼。這使得他有種很奇怪的感覺。像是剛剛進食，卻仍然有飢餓感。

不管怎麼說，這總歸是好的發展吧？算是，離目標更近一點了？

艾爾收斂情緒，以一貫的冷峻莊嚴姿態走進了圖書館，因為他知道，他不能在敵人面前暴露任何的迷茫、不安或是失落。

他的敵人馬可，今天即將回義大利，所以必定會出現在這裡。

果然，在麗翁和小白嘰嘰咕咕的說著話時，馬可帶著他的行李箱跑來了。

艾爾溫和大度的看著他與小白告別，許諾會跑回來過新年。

「拜拜！」看到小白面無表情的對馬可揮了揮手之後，艾爾也像小白那樣揮了揮，不過是帶著「哼哼快滾蛋吧」的笑容。

艾爾不知道，他親愛的哥哥首輔大人已經和負責籌建實驗室的特遣隊員博瑞說了，務必要讓這個地球情敵忙得不可開交。什麼招募研究員、購買器材、設立研究課題，每週更新的時候還要加上一份三十頁的報告！

「我希望艾爾可以專注於他真正應該重視的事情，而不是這種無意義的胡鬧，什麼烘焙糕點織毛線之類的。」首輔大人用拳頭支著下巴說道，「既然已經到地球了，那就入鄉隨俗吧。實在不行的話，給藍佩洛一筆錢，或者給他一個機會去更高級的研究院。」

「是。」博瑞答應著，心中覺得首輔大人的道德觀實在是非常有彈性。

於是，忙得跟騾子一樣的馬可，登上飛往羅馬的飛機，還沒起飛就流著口水睡得十分香甜。這是他幾天來睡得最久的一次。

☽

☽

☽

今天天是耶誕假期前的最後一天，圖書館裡瀰漫著一種人心渙散急著回家狂歡喝酒吃大餐的激動情緒。

看了幾十本少女漫畫之後，艾爾對於「閨蜜」這個角色有了相當程度的瞭解。

這個人物常常是推動劇情和親密度的關鍵！必須善加利用。

於是，他今天對麗翁反常的和藹。語速緩和，大量使用褒義詞，但是偶爾還保留冷酷凶惡的實質。恩威並施嘛。

麗翁對於艾爾願意早點讓她回家過節感激涕零。她在極短的時間內從小白的柴犬成為艾爾的柴犬。

「耶誕快樂艾爾！我新年時會回來的！」麗翁一邊收拾東西，一邊開始討好主人，她提議，「小白，新年的時候到你們家開 Party 怎麼樣？你們在小山上，可以看到市中心放的煙火吧？那我們就不用凍得半死與不認識的人擠在街上看煙火了！」

「唔……這個……」小白看向艾爾。

「好啊！」艾爾表示同意，同時用眼神發了個問號給麗翁。

柴犬麗翁揮揮手道，「那太棒了！我走了！二十六號那天早上我們在市中心見，一起去逛街！」

「嗯。」小白答應。

走到電梯口，麗翁傳簡訊給主人：聚會↓酒↓女孩↓親親↓也許更多……！

艾爾回覆：明白。那二十六號逛街是怎麼回事？

麗翁回覆：購物就會累，累了就要休息，然後一起喝點東西，這就叫約會了。也許可以一起看個電影什麼的！電影院裡黑黑的。你懂。

艾爾回覆：我對妳改觀了。妳在某些方面是個天才。

麗翁嘿嘿笑了。

當天晚上，艾爾已經簽好約，也成為皇家郵政的工讀生。這可能是有史以來皇家郵政第一次真的有皇室成員在服務。

他笑咪咪的與小白坐在一起，滿足的做著無聊的工作，並且很快發現有意外之喜。

那個叫李川的華人男生在夜班開始一個小時之後哭了。他遭遇了所有華人出國後最大的噩夢——陪歪果仁練口語！而且還是個對某些問題極端執著、擅於糾纏不清的歪果仁！

艾爾在監工宣布休息時一巴掌拍在李川的背上，說道，「幫我講解這個詞的用法吧！」

「什麼詞啊……」李川同學已經快哭乾了。

「『（嗶——）』這個詞和『（嗶——）』是同樣的意思嗎？它們都是Fuck的意思嗎？等等，是Fuck還是Shit的意思？」艾爾同學一臉認真。

「（嗶——）！」李川同學內心舉中指伺候。

這個來之不易的口語練習對象，讓艾爾興奮得像顆接錯電流的電燈泡一樣閃著光，李川的表情則由一開始的「學中文的老外耶」變成「求求你放過我」。

下班之後，艾爾和小白一起回家。

昨天，空蕩蕩的街道、昏黃幽暗的路燈，都讓小白覺得可怕，可是今天，她覺得一切都很寧靜，而且似乎能在清晨並不寒冷的微風中聞到一絲麵包店剛烤好的麵包香味。

「你聞到了嗎？麵包香味。」

「嗯。我們去買麵包。」

「你知道店在哪裡嗎？」小白拉住艾爾問道，「這附近什麼時候開了麵包店？」

「不知道。」艾爾鼻尖輕輕動一下，似乎在尋找味道的來源，「但是找一下應該就能找到了。還是……妳累了？妳累了我們就先回去。」

「我不累。」小白自己也感到奇怪，昨天這時候她明明覺得自己累得只剩下一個空殼了。

兩個人在迂迴的小巷子裡走了一會兒，麵包的香味越來越濃了，沒多久真的找到一間新開的麵包店。

店裡只有一對中年夫婦，看樣子是老闆和老闆娘。

他們長相十分平凡，可是——他們在看到艾爾的一剎那，露出極為驚恐的表情。

第２８章

他鄉遇故知

他們害怕艾爾？小白立刻覺得事情不太對。素昧平生，為什麼會這麼怕他？

艾爾也愣了一下，問道，「你們認識我？」

在宇宙間，賽德維金帝國第二王子無人不知，但在這顆發射同步衛星都很威的落後星球，認識他的人寥寥無幾。

這時候想要否認也來不及了。老闆只好低著頭謙卑的站好，聲音顫抖，硬著頭皮像招呼普通顧客那樣說，「請問需要什麼？可頌麵包和核桃蛋糕都是剛烤好的。」

艾爾不動聲色的說，「那就各買五個。」

老闆娘戰戰兢兢的把麵包和蛋糕裝好，遞給小白。

付錢的時候艾爾問，「你們要通用幣還是什麼？」

老闆和老闆娘相視片刻，說，「英鎊。我們打算在這裡定居。」

「很好。」艾爾的聲音低沉，隱隱含著某種威懾意味，「我希望可以經常光顧你們的店。順便問一句，這附近還有其他人嗎？」

老闆夫婦幾乎是在互相抱著發抖了，他們顫著聲音說，「沒、沒有。我們只是覺得這裡很適合定居。」

走出巷子，艾爾的手機響了，是蘭尼的聲音。

「我已經查出來了，他們沒有威脅性，自己的星球因為遭到卡寧星系聯盟的徵用所以才逃出來。」

「他們有與任何外界聯繫嗎？」

「目前沒有。」

「繼續監視他們。」

艾爾說完，對小白解釋，「卡寧星系的人不知道我來地球。因為我的波動能量是通過衛星和待命在銀河的幾支艦隊多次轉播回去的，所以他們找不到我究竟在哪裡。不過，剛才那兩個人是從聯盟勢力範圍的小星球來的，不能排除他們是間諜的可能。」

「所以才問他們要什麼貨幣嗎？」

「嗯。」

小白跟在艾爾身後，第一次覺得其實爭奪銀河系實際控制權的這場戰爭離自己很近。而且，和艾爾相比，自己十分渺小。

地球上的人是幸運還是不幸？

◎

◎

◎

麵包拿回家，蘭尼已經煮了一壺咖啡等著他們。

三個人一邊吃早餐一邊聊天。

蘭尼邊用可頌麵包蘸牛奶邊說，「我建議讓博瑞暫時住在這裡，提高警戒係數，反正他要和學校的人進行會議；同時讓索拉把這地區所有的非地球原住民都暗訪一遍，排除間諜。」

艾爾一手支著下巴說，「我擔心會有更多的卡寧星系難民選擇暫時逃到地球。雖然我們可以通過駐月球機動部隊監測逃來地球的人口，但是一旦他們著陸之後，就很難繼續追蹤——如果不動用更多資源的話。另外，我不贊成讓索拉暗訪，也許反而會引起恐慌。就先讓博瑞來吧，要過耶誕節了，人多一點比較熱鬧。」

「好的。我這就通知他。」

小白呆了一刻，問道，「月球已經被你們控制了？」

「嗯。天然的優良監測點，當然從第一次來地球就控制了。」

「那我們的登月……」

ET們立刻流露出「被你們發現的話我們也不用在宇宙裡繼續混了」的神情。

「好吧！」無力的揮揮手，小白又問，「你們剛才說這一區的非地球原住民，那是說我們這附近還住著很多外星人？」

兩位ET又流露出「妳不會到現在還以為周圍都是自己人吧呵呵呵」的神情。

「可他們都是人形嗎？他們隱藏在我們周圍？他們長什麼樣子？」小白一想到那麼平凡的麵包店老闆夫婦居然是ET，而她現在還吃著ET做的麵包，心中就萬馬奔騰。

兩個ET又一同用面部肌肉表達「唔～妳這個孩子真的好天真呢」。

「他們佩戴、使用簡單的擬態裝置，可以暫時性或永久性的偽裝成你們的樣子，又或者更簡單的，找到合適的地球人，殺掉，借用他們的身分和外貌。」艾爾耐心解釋。

「什麼叫借用外貌啊？」

蘭尼把手往喉結上一劃，「殺掉、剝皮、穿上。就像你們穿其他動物的皮一樣，還可以多準備幾件換穿。」

「嗷——」惡鬼原來可能是外星人！「那吃人什麼的，也是真的？」小白有點害怕了。

「當然是真的啦。」蘭尼拿起最後一塊蛋糕，說，「你們和我們不也都以其他碳基生命作為食物嗎？在有些異星人眼裡，地球人很美味的。還有啊，地球在宇宙中十分偏僻，又沒有任何強大星際勢力罩你們，很多異星人把這當做沒有管理員的遊樂場，把地球人當娛樂設施，綁架、玩弄、殺掉、吃掉。」

「……」小白對世界的認知被顛覆了。原來我們不僅是轉換插頭還是美味的野味……

呆了一會兒，她問，「你們剛才說『這一區』，這一區是哪裡？你們已經在地球上劃分勢力範圍了嗎？」

「嗯。基本上呢，」艾爾攤開手掌，一個立體的小地球投影浮在她眼前，「從這條線以上的地方算是我們的，沒有其他異星種群會干涉我們所進行的活動。」

小地球上出現一條紅色的緯線，紅線以上的部分已經是賽德維金人的勢力範圍。可是，在這片區域目前受到保護的只有他們的利益。

「為什麼你們選這條線以上的地方？有什麼特別的原因嗎？這個範圍是和誰約定的？卡寧星系的人？他們的勢力範圍在哪裡？」小白一下子冒出很多問題。

「當年代表我們約定各自勢力範圍的人是我叔叔，選這裡是因為和我們母星的自然環境最接近，我們喜歡住在這種清涼濕潤的小島上。」

艾爾接著指指紅線以下的部分，「這以下是有領土爭議的地方，的確都可以算是卡寧星系在地球實際居住的人的地盤。他們喜歡熱鬧，所以，這裡、這裡和這裡……」浮在半空的小地球上亮起幾個金色的點，代表的都是地球上最繁榮的大都市，「這些是他們經常出沒的地方。他們有些特殊的愛好，只有在這種大城市裡才能容易得到滿足……」

蘭尼插話，「簡單來說就是他們都非常好色。他們宣稱和地球人……那個，會有種妙不可言的感覺。」

艾爾斜眼看他，笑容裡帶點惡意說道，「嘿，你童年崇拜的偶像也這麼說過。」

「什麼?!」蘭尼一臉夢想被破壞的表情。

艾爾恢復正直清澈莊嚴高貴的皇室儀態，繼續講解，「剛才我說他們是卡寧星系在地球實際居住的人，這麼說，是因為這些人的母星其實並不屬於卡寧星系，而是在另一個遙遠的星系……」

「嗯？」小白糊塗了，「那他們……」

「他們從很久之前就游離於宇宙各方勢力之間，熱衷於挑起戰爭，再幫助他們選擇的勢力進行戰爭，從中牟利，不管輸贏都會大賺一筆。」

說到這裡，艾爾有點厭惡的挑一下眉說，「他們就像蒼蠅追逐鮮血一樣追逐戰爭。很多年前，我們也曾經和他們聯合作戰，然後分享戰利品。偶爾他們也會去做僱傭兵，和我們搶生意。」

小白想到的是北極狐。這種狡猾的小獵手，每到寒冬就會選擇一隻強大的雄性北極熊，跟著牠。在北極熊為了獵物拚搏時，狐狸就坐在旁邊舔著光亮柔順的皮毛等著分食。

「最近一千年以來，他們依附卡寧星系聯盟並從中獲利，」蘭尼嘆道，「現在指揮卡寧星系聯軍的，就是這麼一個人，而且他還是我們的同學，對我們的武器裝備、戰鬥習慣、指揮官性格都很瞭解，所以這場仗才打了這麼久。」

「咦？」小白不解，「你們不是敵人嗎？為什麼他能去你們的學校學習？」

「政權之間的敵對狀態不可能是永久的，就算保密自己的技術、軍事理念，也不過是故步自封罷了。要想長久的保持王者地位，必須要有『即使暫時被擊敗也沒什麼大不了的』的魄力。」艾爾這時真的是莊嚴高貴冷峻了。

小白托下巴問，「艾爾，你覺得這場仗還要打多久呢？」

「應該不會太久。已經有階段性的戰果了。」

哦，也就是說，又快要到坐下來再次劃分勢力範圍的時候了。

我希望戰爭趕快結束，然後有個不太凶狠的老大罩著我們，別再讓我們像遊樂場裡的玩具那樣被對待。

說實話，我有點希望你們贏。不過……我猜你們可能對地球人的用途也有不同見解。

蘭尼說過，你哥哥就認為我們是和黑猩猩差不多的存在，野蠻、落後、愚蠢並且弱小。如果不是因為我們像多用插頭一樣，對你們可能很有用，屬於需要被保護的資源，你們大概也會像其他異星人一樣把地球當做免費的遊樂場。

第２９章

耶誕派對

之後的幾天過得非常平靜。

由於連續幾夜在皇家郵政打工，小白的生理時鐘徹底紊亂了，她常常睡到下午兩點左右才醒，然後覺得剩下的時間不夠用而懊悔焦急。

如果和她一起打工的是個平凡地球同胞，她大概就不會這麼覺得了。每次起床之後就看到艾爾已經坐在廚房餐桌旁唸書——這個畫面太具有威脅性了。

她試著早點起來，可是睡眠不足的結果是她整個下午昏昏沉沉，甚至有一天趴在餐桌上睡著了。醒來的時候她身上披了件灰色的羊毛衫。

小白半開眼睛，看看坐在她旁邊的艾爾，轉動一下脖子和手臂，拉緊毛衣，把臉埋在裡面。

這時候我一點也不覺得他是ＥＴ。

要是可以一直這麼覺得就好了。

這時，她感到有什麼東西輕輕擦過她的頭頂。她微微抬頭，看到艾爾一手托腮，另一隻手拿了根鉛筆在撥她頭頂的頭髮。

「嗯？」她立刻坐起來。

艾爾把鉛筆握在手裡，對著她笑了。

冬日午後的寶貴陽光從窗口投射在他臉上，照在他柔順的金髮、孩子氣的長睫毛上，讓小白覺得他是一團暖融融的微笑的光。

在這光的注視之下，圍繞她的空氣是微微顫動的，一如她的心跳。

小白移開目光，無所遁藏，慌亂之中把頭再次放在手臂上，拉緊毛衣，把臉埋在裡面。

這時她才想起來，這是艾爾的毛衣。和他的目光一樣暖融融的包裹著她，帶著他身上特有的氣息。

我好像發燒了。懶洋洋的，軟軟的，有一點疲憊，可是又覺得很安心。

艾爾看著縮進毛衣裡的小白，仰頭努力回想在這種情況下少女漫畫裡的男主角會怎麼做……

那天晚上是打工的最後一天。

每個人都領到一張薪資單，小白撕開看看，對金額很滿意。艾爾則邀請他的「哥兒們」李川來參加新年前夜的 Party。

李川壓低聲音問，「有正妹嗎？我是說，除了她。」

「吃的喝的一定有，正妹嗎，應該算有吧。」艾爾拍拍他的肩膀說，「一定要來啊。我介紹你認識一個義大利朋友。」

「義大利正妹？」不明真相的可憐傢伙開心的和艾爾交換了手機號碼。呵呵呵。

告別之後，小白和艾爾依舊一前一後的走著，只是，這次艾爾比平時走得慢得多了。

當一陣風把她外套的風帽從她頭上吹掉，艾爾伸手替她拉上風帽，意味不明的「呵呵」笑了兩聲，然後快步走了幾步，又停下等著她跟上。

小白和以往一樣不明白他在想什麼。

微風把艾爾額頭前的金髮一層層吹起，又緩緩落下，像小小的浪花。他又轉過頭看著她傻笑了兩聲，「嘿嘿。」

這種有什麼超級開心又驕傲的事可是偏偏不告訴你的表情到底是為了什麼啊……

小白很快就會知道的。

第二天是十二月二十五日。

博瑞在中午住進來了。

小白下樓吃早午餐的時候發現樓下的建築格局改變了，在蘭尼房間旁邊又出現了一扇門，門開著，博瑞正和蘭尼坐在裡面打遊戲。

她疑惑的走過去，站在門口與極度害羞的博瑞隔著兩公尺的距離打了個招呼。

「蘭尼，這房間是一夜之間長出來的？」

哦哦！又一個向小白展示賽德維金文明的機會！

蘭尼放下手裡的控制板，準備向小白解釋，「妳說『長』出來，還真是說對了。艾爾弗蘭德1號是用最先進的生物科技製造的，其實是……」

「飛船。」

蘭尼猛點頭，「嗯嗯，是的。樓下那幾層其實是動力裝置還有磁場修改裝置什麼的，還有最重要的分子收集應用裝置。」他抓抓頭，思索一下，「簡單來說就是收集分子，把它們的能量加以利用……」

坐在一邊的博瑞加入講解，他的掌心投射出一連串簡單的畫面：一顆豌豆大的種子，落在泥土裡，然後生根發芽，吸收陽光、水分，漸漸長成了一座建築。

呃。小白好像明白了。

「沒錯，艾爾弗蘭德1號最初的形態就是那樣，因為內部一切都是通過電腦控制的，所以可以任意改造，多出一間房間或是多出一層樓都沒關係。」

唔。原來我一直生活在一株ＥＴ植物的肚子裡。

下午，三個ＥＴ做好了耶誕節的最後準備。所有的裝飾和食物也準備好了。

蘭尼參閱了很多時尚家居雜誌之後，決定採用懷舊情調，在客廳和遊戲室各增加一個能生火的壁爐，掛上了四個紅彤彤的大襪子，雖然誰都知道耶誕老公公不可能從艾爾弗蘭德1號的壁爐裡鑽出來的。耶誕樹就放在壁爐旁邊，上面掛了許多亮閃閃的裝飾。紅紅綠綠的很是熱鬧。

薑餅人、果肉餡餅和耶誕布丁也早就烤好了，鋪著雪白桌布和紅白格子飾帶的餐桌上還放了一隻大火雞，其他各種菜餚更是不用說，賽德維金人都很能吃，也都是美食家。

小白對裝飾和食物十分滿意，尤其是看到蘭尼打開一大瓶六公升的粉紅香檳之後。多給的一百五十英鎊物超所值了……

要是她看清香檳瓶子上寫的是Dom Perignon Rose Vintage 1996，她會哭的。這瓶酒的價錢比她一年的學費和生活費還貴。

爆米花小機器人組隊為大家服務，把空盤空杯抬走，再裝好送回來。領頭的那個小機器人還戴了頂紅色耶誕帽子。真有節日氣氛。

小白很快吃飽了，她坐在餐桌邊，聽三個ＥＴ討論籌建實驗室的事。

也許是出於禮貌，也許是為了努力融入地球的生活，他們在她面前時一直都說著她能聽懂的語言。不過，話題是不是她能聽懂或是感興趣的，就不是他們能夠遷就的了。

爆米花小機器人發現小白不再吃主菜之後，殷勤的抬來一個薄荷色燙金字的紙盒，是Laurent Bernard巧克力，又替她添上酒。

小白又坐了一會兒，ＥＴ們的話題轉換到財政預算以及宇宙形勢了，這她更聽不懂也不感興趣，乾脆拿了一盒巧克力和一杯香檳去遊戲室看電視了。

最高級的香檳喝下去的時候像絲綢一樣順滑，酒勁纏綿得也像絲。

帶著這一絲酒意，她在看著電影時朦朧睡去。

小白醒來時電視還開著，不過音量被關了。她閉一下眼睛，抓抓身上蓋著的絨毯，又摸摸腦袋下的「枕頭」，轉動一下想找個更舒服的姿勢繼續睡。不過，這個感覺……

這種溫暖精實的腹肌型枕頭是從哪裡來的啊！

小白的酒勁和睏意一下子消失不見，她清醒警惕的張大眼睛，發現自己的確是躺在艾爾的肚子上。

這傢伙歪在沙發上，兩條長腿搭在沙發前的小咖啡桌上，雙頰泛著紅暈睡得正香，領口的釦子還解開了幾顆，露出的頸項和鎖骨處肌膚也是紅紅的。

小白支起身子，輕輕爬起來時鼻尖擦到艾爾的下巴，她聞到他的呼吸間散發的酒香。

這個樣子……很明顯是喝醉睡著了。

連醉倒的樣子都這麼誘受！

呃。好吧你其實是攻。我實在想不出這種引人犯罪、讓人心癢癢手癢癢想對你做點什麼的模樣除了「誘受」還可以用什麼詞來形容。我這方面的知識很貧乏啊。

她豎起耳朵聽了聽，整間房子都靜悄悄的。

沒錯。受自然條件的限制，賽德維金星不是個能夠釀出好酒的地方。那裡出產的酒精度數就和地球上的蘭姆酒霜淇淋差不多。

自從菲力浦親王定居地球之後，這個熱衷於亂搞男女關係和擅長釀酒的星球的各種資訊不斷傳回賽德維金。在他們看來，這是顆實至名歸的「酒色之星」。

儘管高級的賽德維金餐館都會提供地球美酒，但嚴格自律的賽德維金人很少會放縱自己，只在節日時才會喝幾杯。所以，酒量與地球人一比差得可笑。

在房子裡轉了一圈發現另外兩名醉倒的ＥＴ，小白只好又回去看電視了。

她把電視調靜音、顯示字幕，把毯子蓋在艾爾身上，在他身邊坐下。

看了會兒電視，小白低頭看看艾爾，哼，你這個酒量差勁的傢伙。

還好，ＥＴ們酒量不佳但是酒品還不錯，喝醉了就睡。廚房時不時還傳來搞笑的鼾聲。真應該給你們都畫上鬍子的。

啊——

小白一拍頭，抓起咖啡桌上放的一支馬克筆。

她輕輕呼喚，「艾爾？」

王子殿下這時睡得像個嬰兒。

上次不是說我對你做什麼都可以嗎？那我就不客氣了。

唔～先畫點貓咪鬍子吧！

畫完了鬍子，艾爾還沉沉睡著，小白又意猶未盡的替他畫了個老鼠鼻子。嗯，其實就是把鼻尖塗黑。

她把筆丟在一邊，得意的抓起香檳杯喝一口，嘿嘿笑了兩聲。

艾爾的兩條長腿扭動一下，睜開眼睛，「咦，妳醒了？」

「嗯。」

揉揉眼睛坐起來，艾爾聽到蘭尼和博瑞的鼾聲，心裡一陣悲涼。

靠不住的混蛋們！槲寄生大作戰先是因為小白睡著了被擱置，現在已經完全被放棄了吧？

小白把手裡的杯子遞給艾爾，他接過來喝了一口，還沒嚥下去就咳嗽起來。

「你怎麼了？」

「我、我沒事。」艾爾臉紅了。啊啊啊這算是間接接吻了嗎？唉，看了幾天少女漫畫，果然思考方式開始變得古怪了。

「幾點了？」他問。

「不知道。」小白忽然覺得有點不自在。

因為她忽然瞥到，一枝羞答答的槲寄生違背自然規律的從兩人上方的天花板伸出來，垂在他和她之間。

第３０章

交換禮物

看到那枝突兀的從天花板垂下來的槲寄生，小白愣一下，笑了。

啊，我怎麼忘了，蘭尼說過，整個艾爾弗蘭德1號都是可以吸收利用分子任意改動的。壁爐和房間都能變出來，別說這個小道具了。不過，誰見過莖這麼長的槲寄生啊！你是外星槲寄生吧！隨隨便便就長一兩公尺長你就不覺得害臊嗎?!

艾爾看著槲寄生下的小白，想起蘭尼說的話。

「這是相當人性化的設計吧？」蘭尼很得意，「我最後決定把槲寄生的位置設置為自動的，只要小白的某些激素水準達到一定程度，就會出現。」

小白看到艾爾的耳朵在幾秒鐘內紅得滴血，他的瞳孔映著壁爐裡的火光，有小火苗在裡面一跳一跳的。

這是信號呀！可是……可是我好像……不敢動。

電影裡的情侶已經在啾啾啾了。所以……我是不是也應該……

可是……

兩人四目相視，眼睛都不約而同的微微闔上一點，嘴唇輕輕張開，緩緩向彼此靠近。

可在他們彼此的呼吸撞在對方臉上那一刻，艾爾和小白又不約而同的笑場了。

「你的臉——」兩人異口同聲，還都用手指著對方的臉。

「啊！」小白抓起咖啡桌上胡亂放著的一張遊戲光碟，翻過來放在自己臉前，「你也給我畫了鬍子！」

她看著自己說話時兩撇小鬍子還跟著抖動的樣子，又噗哈哈笑出來。那對鬍子和她上次替艾爾畫的一模一樣。

艾爾把她的手抓過來，臉湊近光碟，「我沒有上一次帥了。」然後略失望的看著小白。

他們看看對方，相視而笑。笑了一會兒，艾爾小聲說，「嗯……蘭尼他們，還有我，都有點著急。不過——」他把臉偏過去看著電視，「我不想勉強妳。」

了。」

「……」

「我這幾天看了很多少女漫畫，雖然覺得裡面的情景很滑稽，但是我好像開始可以站在妳的角度思考了。」

「……」小白呆住了，「等等，別告訴我繫鞋帶是從少女漫畫中來的靈感！」

「妳不覺得浪漫嗎？」

「完全不會。」她想了一下補充道，「而且有點奇怪。」

「我猜也是。」艾爾有點失望，「那麼公主抱也是同樣的感覺嗎？」

「哦——」原來是這麼回事啊，小白笑了，「沒事要那樣抱，你不覺得很奇怪嗎？」

艾爾看她一會兒，說道，「其實我一直奇怪的是，為什麼你們熱衷於手牽手走路？」

「這有什麼奇怪的？」小白拉著他的手晃晃，「這樣兩個人才能步調一致……哦等一下，我明白了。」

她認真的看著艾爾，「你是不是覺得這樣前進的速度會受影響？」

「不僅這樣，而且雙方的身高體重有差距，會讓兩個人的平衡……」

小白噗哧一聲，「那你們星球的情侶是怎麼走路的？」

艾爾仰起頭思索一下，說道，「以我父母為例，他們從來都是一前一後出現。因為這樣可以保證安全，視野更開闊……」

「我猜這是職業習慣。他們做傭傭兵搭檔太久了……」小白還想說什麼，笑容猛然一僵。

啊，對了。這對他們來說才是自然的。他們的伴侶都是和他們一樣剽悍的戰士，女版超級賽亞人。

她慢慢的把自己的手握成拳頭，從艾爾手心縮回自己的衣袖裡。

艾爾感到她的情緒一下子低落了，但迅速想了一遍覺得自己並沒說什麼奇怪的話。

找不到原因，他只好努力把話題拉回來，「那個，摩天輪呢？妳想要坐摩天輪嗎？」

「摩天輪？摩天輪很好呀。」小白勉強笑笑，根本不知道自己在說什麼。
接下來的幾分鐘，小白一直心不在焉，她盡力維持著笑容，和艾爾說起那份開學後就要交的報告。
又說了一會兒話，蘭尼和博瑞醒了，大家一起坐在客廳，又吃了一些年輕女孩子看一眼都覺得有罪惡感的甜點。
快要午夜的時候，蘭尼宣布，「好了！我們現在可以打開禮物啦！」
「咦？不是要等明天早上才打開禮物嗎？」小白問他。
「是這樣嗎？」蘭尼詢問另外兩位同胞和小白，「那我們等到明天？」
艾爾沒說話，可是一直在看耶誕樹下那個寫著他名字的盒子。
「沒關係，我們現在就打開吧！」小白呵呵笑，「反正我們誰都不是真正的不列顛人！都是外來者。」
於是大家快樂的抱起寫著自己名字的禮物。
「誰先來？」
「拆開禮物也要有順序嗎？」
「從小到大拆！沒人有異議吧？」蘭尼使壞。他也看出艾爾急著想知道小白送他什麼，那禮物偏偏是所有盒子中最大的。
於是最先被拆開的三個ＥＴ互相送的禮物，每人都收到另外兩名同胞所送的卡片，他們把卡片放在手心發出的光束上照了一下，卡片變成半透明的，出現一串文字。
蘭尼和博瑞對自己收到的卡片相當滿意，對艾爾道謝的時候也十分真誠。
艾爾就沒那麼高興了，他把卡片看完之後放在自己口袋裡，眉頭微蹙，「你們就是這麼想的？」
「是的。」
「沒錯。」

「好的，我會盡力改進。」

小白覺得這些卡片看起來就像提款卡，當然可能上面還寫了點祝賀語之類的。

她猜對了。蘭尼說這是艾爾給他們的耶誕節獎金。

當然了，蘭尼和博瑞送給艾爾的只是象徵性的金額。不過他們可是給了他很好的人生建議唷！

不用想都知道是什麼樣的建議。小白覺得艾爾有點可憐。

「喂，你們送給他的都是這種禮物嗎？」她小聲問蘭尼。

「當然了！他那麼有錢什麼買不到？除了這種直言真諫啊！」蘭尼理直氣壯。呵呵呵，他現在可以在拜迪麗星系買一顆小行星了。

接下來揭曉的是小白和博瑞互贈的禮物。由於博瑞來得匆忙，所以小白沒時間替他準備禮物，他也一樣，由蘭尼在一旁傳話，兩人達成了共識，以對方的名義捐款給公益組織。

再就是蘭尼和小白的。這兩人打開對方送的禮物之後都很開心。

小白送給蘭尼的是Cine World電影院的全年通票。蘭尼送給小白的是La Senza內衣店的禮券。

當初剛住進來，兩人一起去市中心逛街，小白還以為他是女生，試著讓他去La Senza買合適的胸罩，蘭尼抓著店門口的牆壁，滿臉通紅不願進去。

想起這個小白就忍不住笑了，「蘭尼，你這次進去了？」

蘭尼又臉紅了，他抓抓腦袋說，「沒有。我叫艾爾進去幫我買的。」

艾爾抱著他的禮物已經等急了，喊道，「小白——」

「啊，一起拆吧！」

她話音剛落，刷啦一聲，艾爾已經把包裝紙、絲帶、紙盒一起撕開直接抱起盒子裡的禮物了！

「嗚～」他舉起那個戴絨線帽的泰迪熊，呼呼呼笑了幾聲，又把熊熊的臉放在眼前仔細看，「妳怎麼知道我喜歡這個！？我自己買了一個不同顏色的呢！」

「啊？你已經有一個了嗎？」都已經買了一個為什麼還要每天站在那看啊！小白有點不知道說什麼好，ET太奇怪了。

「嗯嗯已經有了一個，這個太可愛了！」艾爾把熊放在膝蓋上，催促她，「妳還沒看我給妳的禮物呢！」

小白把紙盒打開，看到一頂象牙白的絨線帽子。

她拿起帽子，又看看艾爾手裡的熊，這帽子和那小熊頭上戴的是一樣的！不過她的帽子上在頭頂兩側還加了兩個圓圓的耳朵。

「可愛吧？」艾爾瞇起眼睛笑，看起來就像一隻甩著尾巴等主人拍頭的金毛犬。

「嗯！」小白用力點頭。

「我織的哦！」繼續甩尾求撫摸。

「你自己織的?!」小白震驚了。

你買那隻熊是為了弄明白怎麼織這頂帽子嗎？織了多久？

她疑惑而崇拜的看著艾爾，實在很難想像能單手毀滅地球幾百遍的ET會蹲在那裡織毛線。

蘭尼叫她，「小白，戴上看看嘛～」

艾爾也滿懷期待的看著她。連博瑞也是。

在大家的注目下她有點不好意思，不過還是把帽子戴上了，很適合。

博瑞遞給她一張光碟當鏡子。

嗯，的確很可愛。她腦袋上那兩個艾爾發揮創意加上的耳朵，讓她看起來像某種玩具小動物。其實就是像隻玩具熊。

她在三個ＥＴ異性的目光中開始雙頰發燙。空氣裡好像有什麼和平時不太一樣的氣氛。

蘭尼突然咳嗽一聲，「咳咳，那個，我要去睡了。」然後站起來就走了。

博瑞什麼都沒說也走了。

艾爾還和小白一起坐在壁爐旁。

他的目光熾熱，可是沒有第一次見面時就求愛的侵略性，十分柔軟。

小白被他看得越來越害羞，可是不知為什麼又不敢動。她只好垂下腦袋，看著自己長著兩個圓耳朵的影子被壁爐裡的火苗照得微微晃動。

看到玩具熊這麼興奮的男人……王子你果然還是變態吧。

又過了幾分鐘艾爾終於開口，「妳先走吧。」

「哦。」小白站起來，剛要轉身，手被艾爾拉住了。

你、你、你、你要幹什麼？她緊張的看著他。

艾爾把她的手背在自己臉上貼了一下，又鬆開，說，「晚安。」

「哦……哦。」小白揮揮手，「晚安。」

她保持著平穩的步伐走回自己的房間，關上門，背靠著門滑下來坐在地上。

這時候她的心才如夢初醒的怦怦怦狂跳起來。

小白抓著兩隻圓耳朵把絨線帽子從頭上拉下來，捧在手裡。

這是他做的。

為我。

第３１章

醉後小孬孬

在樓下新長出來的那間房間裡，蘭尼和博瑞打著遊戲小聲討論。

「說實話蘭尼，我之前一直不明白為什麼你們會覺得小白可愛，現在我明白了。」

「嘿嘿嘿，」蘭尼得意道，「我的眼光怎麼會出錯。」

「不過我沒想到艾爾喜歡的是這種類型，」博瑞握著手柄轉過頭看向蘭尼，「這種……她愈是純真的看著你，你就愈想把她拉到一邊做點很壞的事情那種類型。」

「……你這是什麼意思？」蘭尼皺眉不解。

「已經是女人了，可精神上又像個小孩子。外貌上也保留了很多小孩子的特徵，比如那種微微上翹的鼻尖。艾爾喜歡上她到底是不是因為他一向很喜歡小孩子呀？還有，男人喜歡毛茸茸小熊也很怪，把女朋友打扮成玩具熊而且還興奮成那樣，那就更怪了。」

其實博瑞才是真正的毒舌啊！

他接著又說了幾句對艾爾殿下的評價，然後總結，「不過，我一向都覺得皇室成員都有怪癖。」

「什、什麼怪癖？」蘭尼發覺，喝了酒之後的博瑞不再是他熟悉的那個害羞、穩重、感情豐富的同事了，這是個不憚以最大惡意揣測皇室成員的傢伙。

「比如菲力浦殿下吧，那麼英俊又勇武的人，我們那時候的小孩誰不崇拜呢？可是你看他來地球之後，耽於享樂，完全忘了自己肩負的重任。

「至於陛下呢，他帶著皇后離開母星到處去做僱傭兵多久了？怎麼能把自己的責任就那麼扔給兒子和手下的大臣呢？作為一個賽德維金帝國皇帝，那更是無法接受！自他繼位以來，我們的星際版圖就沒怎麼擴大。陛下，您是個昏君啊。

「這麼一想，其實太上皇也是昏君，他帶著太后到處去做僱傭兵賺錢已經多久了？怎麼能把自己的責任就那麼扔給兒子和手下的大臣呢？咦？我是不是剛說過這一段話？」

博瑞評價完艾爾的叔叔、爸爸和爺爺，意猶未盡。

「再說首輔大人，幾乎是完美的，除了偶爾對艾爾搞些很惡趣味的玩笑。他勤奮、英明、善戰，具備一切君王應有的美德，可以說，他是個完美的儲君，實際上，現在行使著帝國君主權力的人已經是他了！可是他從來沒有青睞任何女性，是不是不喜歡女人啊？當然了，這是我來地球之後才逐漸產生的想法！」

蘭尼覺得自己得制止博瑞再說下去了，不過，這些話太過驚世駭俗，他的腦子一時當機，只能呆呆聽著。

「首輔大人要是來地球的話，他的本性也會暴露出來的！就像菲力浦殿下是個毫無責任感的酒色之徒、艾爾喜歡略帶孩子氣的女性一樣，這些都會被暴露出來的！」

他沉思一下，繼續感想，「地球這顆行星看似沒有危險，戰鬥力很低，如果我們願意的話，在這裡可以過著和神一樣的生活。但其實它是一顆充滿未知凶險的星球，它會把人性最真實的一面帶出來，再讓人從內在開始腐壞、變質，只要你在這住的時間夠久。」

「你說得沒錯。你的本性就暴露出來了！」蘭尼一掌拍暈博瑞，「你是個喝完酒就胡思亂想不僅多話還毒舌的傢伙。」

十二月二十六日。這天耶誕大打折即將開始，並一直延續到新年後。許多商店門口一早就站滿了等著進去掃貨的顧客。

小白早早就醒了，不是因為她今天也要去血拚——一個禮拜後才是所有商品價格最低的時候。她睡不著，是因為艾爾。

那份禮物讓她感到溫暖的同時也感到壓力。所以她輾轉反側，很早就醒。

她走下樓，發現一反常態的，永遠精力旺盛的蘭尼和艾爾都沒在廚房。看來ＥＴ們對酒精的代謝能力弱爆了。

等她慢吞吞吃完早餐，三個ＥＴ才陸續出現。

最先來的是艾爾，他頭頂有一撮頭髮歪歪的翹起，看起來比平時稚氣可愛。不過，頂著呆毛的艾爾好像沒什麼精神，沒吃他平時喜歡的高蛋白食物，而是像小白那樣拿了碗玉米片倒進牛奶一勺一勺小口吃著。

「是因為喝了酒不舒服嗎？」小白問他。

呆毛搖搖頭，無精打采的。

過了一會兒，蘭尼和博瑞也走進廚房，立刻用力吸了吸鼻子，然後齊齊盯著艾爾，露出曖昧而古怪的笑容，又齊齊的意味深長「哦——」一聲，再對著小白微笑。

「什麼都不許說。」艾爾沒有抬頭看他們，聲音前所未有的冷峻嚴厲，「不然沒新年獎金。」

「哦哦哦新年也有獎金嗎？太棒了！」蘭尼喜孜孜的繫上圍裙開始煎蛋和培根。

博瑞坐在餐桌旁揉著自己的頭，「蘭尼你買的酒後勁好強，我的頭一直在痛。」

「嘿嘿，你的確喝醉了，還說了不少精彩的發言呢。」

「……我說什麼了?!」

「先吃飯，等會兒再說。」蘭尼笑著端來食物給他。哈哈哈，你慘了。看來我可以買顆更大的星球了。

吃完早餐，小白接到麗翁的電話，說她三十分鐘之後會到學校旁邊的地鐵站，大家可以出發去逛街了。

小白和艾爾出門之後，蘭尼打開自己房間的監控系統，博瑞的聲音十分清晰。

「愈是純真……愈想對她做些很壞的事情……菲力浦殿下是酒色之徒……陛下是昏君……太上皇也是昏君，首輔大人其實不喜歡女人吧……艾爾是個變態，說好聽一點叫喜歡小孩子的女權主義者……」

博瑞捂著臉哭了一會兒，露出可憐兮兮的笑容說道，「啊，蘭尼，其實我還有一份耶誕禮物要給你。」

「監控錄音還沒傳給盧斯，隨時可以刪除。」哈哈哈！我是最大的贏家！

蘭尼並不知道，在艾爾被小白生化感染之後，艾爾弗蘭德1號的監控設置已經被計畫的最高負責人——首輔大人——設定為自動，那段錄音早已被即時傳送。

按照麗翁的設想，這一天應該是這樣的，她把小白和艾爾約出來，三個人一起去市中心，逛街後去吃午飯，再去看電影，接著就可以吃晚飯了！

不過，實際效果和她想像的不太一樣。從一開始就不一樣了。

她在地鐵站等了不到一分鐘艾爾和小白就來了。麗翁跑過去撲住小白，看到她頭上戴著帽子問道，「哎呀這帽子好可愛，是在哪裡買的？」

小白立刻臉紅了，支支吾吾的回道，「是、是艾爾織的。是他給我的耶誕禮物。」

「嗯？」麗翁呆掉了，然後嘻嘻怪笑，她上下打量艾爾，問，「真的是你織的啊？」

不知為什麼艾爾好像有點惱怒，他像是被人窺見隱私般羞紅了臉，有點凶惡的回答，「沒錯。妳有意見？」

麗翁扁扁嘴，「沒有。」幹嘛這麼凶啊。我可是你的盟友耶！

小白趕快打圓場，「我們快走吧。地鐵已經要來了。」

其實她今天猶豫了一會兒要不要戴這個帽子出來。不戴，怕艾爾會失望；戴了，又……好像是認同了什麼。

最後她還是戴上了。

三人來到市中心，麗翁和小白去了她們原先最常去的Harvey Nicols百貨商店。不管是從哪個星球來的，大多數男人在這種場合就是這樣的：要嘛找個牆角靠著，拿著手機上網；要嘛就是替女朋友排隊，排去試衣間的隊、排結帳的隊。

總之都同樣的表情：忍，再忍一會兒！

艾爾也不例外。不過，他很高興這次他沒像第一次出現在圖書館時一樣被圍觀，在大減價時女人們的眼睛忙著看價格標籤，無心留意帥哥。

麗翁搶到一條Missoni的針織裙子，小白什麼都沒買，只是看了看。

「妳什麼都沒買嗎？」

「嗯。」小白鬱悶點頭，「這些衣服就算打折，一件也等於我兩、三個月的房租了。」

麗翁偷偷把小白拿起來看了一會兒又放下的Missoni長筒襪也一起買下了，打算回家的時候送給她。

由於小白想買的東西她都買不起，買得起的東西又覺得不好看，所以到了後來，「約會」變成了麗翁在購物，小白幫她參謀，艾爾抱著平板電腦等待。

然後麗翁就發現這個「約會」很不對勁了。

轉戰下一間店的時候，三人的隊形變成艾爾雙手插在口袋在最前面走著，小白和麗翁在他身後邁著沒有那麼長的腿努力跟上。

而且艾爾似乎還覺得滿高興的。

麗翁傻眼。

第３２章

約會大作戰

約會計畫完全沒有按照麗翁設想的那樣進行，這怎麼行？

她在排隊去洗手間的時候發簡訊給艾爾主人，「你應該和小白走在一起！我會替你製造機會的！」

稍事休息，三人殺向 Urban Outfitter，這次艾爾走得比較慢，麗翁故意不斷停下，於是隊形成了艾爾打頭陣，小白居中策應，麗翁斷後。

啊啊啊——艾爾主人是笨蛋！忠犬麗翁又發簡訊給他，「你應該和她並排走！」

「好的。」

幾分鐘後麗翁同學想要以頭撞牆。

這叫並排？中間的距離足以讓一頭犀牛通過了！

再發短信！

「和她並肩走！距離是你的手臂幾乎可以碰到她的手臂！」

「知道了！為什麼不早說！是在故意耍我嗎?!」

跟著這樣的主人是沒前途的……我這次的分組論文真的能夠及格嗎？嗚~小白主人~妳趕快把我接回去吧！

終於到了內衣店 La Senza，小白有蘭尼送的禮券，所以她很開心的衝了進去。艾爾的臉猛然變紅，問道，「我可以不進去嗎？」

麗翁和小白在一堆蕾絲、花邊、緞帶裡看得眼都要花了，小白時不時會看看站在門口的可憐艾爾，呃，可以理解他不想進來的心情啦，但是一個男人站在內衣店門口也很奇怪啊。

「他在看那個嗎？」麗翁推推小白，讓她順著艾爾的目光看。

那是一套夏季款的白色細肩帶睡衣。

「很漂亮，可惜現在還沒打折。」小白走過去看看價錢。

「咳咳，」麗翁誇張的咳嗽，又曖昧的笑，「嘿嘿，可是他喜歡唷～」

小白立刻把睡衣扔下走開。

「妳臉紅什麼？」麗翁不解的跟過來，「妳喜歡他吧？妳肯定喜歡他！」

小白隨手抓起一套內衣逃離現場，「我去試衣服！」

「我也去！我也去！」麗翁也抓起一套內衣，完全忽視這其實是小白在暗示「別理我！」的意思，她跟著走進試衣間，在隔壁繼續嘮叨，「喜歡他的話就和他在一起啊，妳在猶豫什麼？」

「沒什麼。」

「難道說……」麗翁思考了一下，猜測道，「難道妳結婚的對象得由父母決定？妳已經有未婚夫了？就等妳大學一畢業就結婚？」

小白哭笑不得，她拉開試衣間的布簾，探出個腦袋說道，「沒那種事！」

麗翁也趕快從隔壁的布簾裡露出頭，繼續追問，「那妳為什麼不和艾爾在一起呢？馬可雖然一直在追妳，可是有女孩和他調情他也回應，義大利男人還愛亂放電！可妳看艾爾，對妳以外的女生，艾爾看她們的眼神與看一張椅子沒什麼區別。」

「哦是嗎？前幾天妳不是還說馬可比艾爾親切嗎？還有艾爾有獨裁者氣質什麼的。」

「說男人有獨裁者氣質那是性感的另一種說法啊！」麗翁尖叫，「艾爾那氣質是美型反派！美型反派懂嗎？我怎麼會把他排第二位！」

「我明白，妳現在是艾爾的走狗了。妳放心，那篇作業他寫得很好，最高分大概是你們的了。」

「啊是嗎太好了！不過，我還是得說，艾爾真的不錯。妳拒絕他的話，太可惜了。」麗翁惋惜的嘆口氣，轉轉眼珠，壓低聲音，「莫非妳家人不讓妳和白人……」

「不是！」我媽咪是個外貌協會！但她要是知道艾爾是ＥＴ也會打退堂鼓。

「那為什麼？」

小白沉默了一會兒問，「妳知道列支敦士蘭在哪裡嗎？」

「哈哈，我還真的知道！」麗翁有點得意，「它是靠近格陵蘭和冰島的一個小島，大約一百年前海底火山噴發形成的。由於在公海，按照當時的國際法，那是一片處女地，任何人登上小島都可以宣稱島是他的。然後呢，附近的一個漁民登上小島，宣布成立列支敦士蘭帝國，沒想到只有四十平方公里的島上產天然鑽石，簡直就是鑿一口井鑽石就會從井裡噴出來！」

「妳知道的還挺多的。」

「嘿嘿當然了。我還知道，小國的人口不多，成立至今只有四十多個人。妳知道嗎，我們的搖滾教父也有列支敦士蘭國籍呢。」麗翁向小白使個眼色，兩顆小腦袋馬上靠得更近，「我還聽說，我們系正在籌劃的新實驗室，就是列支敦士蘭的『希望王子』基金贊助的。而且……那個『希望王子』現在就站在這間店門外哦。」

等了幾秒鐘，麗翁同學完全沒收到意外的驚叫，「咦？妳早就知道了！」

小白反應很平淡，「嗯。早就知道了。」知道的比妳還多呢。

「喂，那妳還猶豫什麼啊？王子耶！」

「我……」小白呼口氣，把腦袋從布簾間鑽回去，「我只是擔心那個突然冒出來的小島某天再突然消失。」

那時我到哪兒去找艾爾？也許連哈伯望遠鏡也看不到他們星系的太陽。

麗翁不明白為什麼小白會悶悶不樂。兩人排隊付款的時候她繼續為艾爾說好話。

「他那麼有錢卻不炫耀，這是很難得的美德！還有哦——」她再次壓低聲音，「我猜他沒什麼戀愛經驗，從小到大都生活在男性集中的環境，即使有女性，年齡也都比他大挺多的。所以呢，他是一張白紙，妳和他在一起的話，想怎麼畫就怎麼畫！」
「我能怎麼畫他啊？」
麗翁揮舞拳頭解說著，「征服他！把他推倒在沙發上（嗶——）他！撕開他的襯衫從小腹開始向上（嗶——）他！把他雙手綁起來捆在床頭（嗶——）然後（嗶——）……」
「妳夠了！那種道具我沒有！」小白臉紅了。
「等一下我們可以去買！那裡有一種粉紅色毛茸茸的手銬……」
「妳真的夠了！」

三個人吃過午飯，散步去電影院。
上映的電影有三部，一部浪漫輕喜劇，一部偵探片續集，還有一部恐怖片續集。
麗翁蹦跳著說，「看那個！」
她的手指向的那張海報上，有一個鐮刀型的「5」，穿破一個骷髏頭。
「恐怖片？」艾爾皺眉。
麗翁馬上給他一個「你懂什麼！」的眼神。
他馬上改口，「哦哦我也想看這個。」
和小白相處了這麼久，艾爾知道面對這種無關緊要的選擇，她基本上都會跟隨大多數人的意見。
果然，小白皺了下眉微笑，「好吧，我們就看這個。」
艾爾排隊買票，小白去買爆米花，麗翁躲在女廁發簡訊指導她的主人，「恐怖片能增加擁抱的機會！」

擁抱？太好了。這不是第二個里程碑嗎！

很快他們買好了票和爆米花，跟著一群在耶誕節期間還要看恐怖片的中二病們一起進了放映廳。

麗翁讓小白坐在她和艾爾中間，樂呵呵的抓了一把爆米花塞嘴裡。呼呼，這次一定會成功的！

可是——電影開始十分鐘之後麗翁的計畫又失敗了。她低估了電影的恐怖程度，本來預期小白嚇得花容失色往艾爾懷裡鑽、艾爾溫香軟玉抱滿懷的場面，變成了她鑽在小白懷裡捂著眼從指縫看，還不斷問，「啊，結束了沒？已經死了嗎？」

小白也要哭了。她也害怕啊，可是還得顫抖著嗓子說，「結束！結束了！啊啊啊，還沒結束！好多血！」

而艾爾坐在旁邊無聊的嚼著爆米花預言，「不會這麼容易死的，等著看吧，肯定還有！」

電影中的恐怖氣氛達到頂峰。小白也許比很多人聰明點，但膽量真的很普通，所以在整個電影院再次齊聲尖叫時，她嚇得緊閉雙眼，同時緊緊抓住艾爾去拿爆米花的手。

被麗翁提醒了一天，之前又被蘭尼敲著腦袋罵了一頓，艾爾知道機會稍縱即逝，於是，他很果斷的鬆開手裡的爆米花，反手用力握住小白的手。

在一片黑暗之中，小白漸漸覺得自己不再害怕，這種感覺，就像那次艾爾打飛了那個要搶劫她的傢伙之後一樣，他的鎮定能夠通過接觸傳給她，告訴她，她是安全的。

第３３章

里程碑？

電影結束之後，麗翁發現自己的主人終於開竅了，掌握了第一個祕技：牽手。

他很自然的牽著小白，慢悠悠的隨著她的步伐和她並肩走。

可是……有時候他還是會耍笨。

當兩個人不得不放開手之後，艾爾不是用天經地義、理直氣壯的姿態再把小白拉住，而是轉過身微笑，向她伸出手，一臉「嘿嘿，妳想拉著我的手嗎？別客氣，儘管來嘛～」這種賤賤的得意表情！

小白無奈的對皺眉的麗翁低聲說，「現在妳知道我為什麼會猶豫了吧？」

這傢伙是ＥＴ！腦袋構造不是正常人能夠理解並坦然接受的！

在ＥＴ心裡，這是絕對是一個非常成功的約會，一起去逛街、買東西、吃飯、看了場電影，而且感情還成長到了第一個里程碑——牽手。

艾爾覺得那種想要歡呼或者打滾大叫的快樂都要從胸腔裡衝出來了。他也終於明白了為什麼地球上的戀人喜歡手牽手走路。

是的，兩個人都要做出折衷，我要走慢一點，你要加快步伐，可這種讓步帶來的喜悅無可比擬。讓人覺得，我們是同步的，一起的。

這也許是腦波微弱的地球人為了取得默契而進行的努力，後來成為約定俗成的習慣。

想到這裡，艾爾更開心了，啊，我離她的心更近一點了。

三人在學校旁的地鐵站分手，約好新年前夜在艾爾弗蘭德1號山下的披薩店會合。由艾爾派人帶她上山。

麗翁對傳說中的謎樣樹林嚮往已久，她問艾爾，「有酒嗎？我會帶音樂來，不過沒辦法買酒。」

在英國這個奇葩地方，十四歲可以結婚，十六歲可以當兵，可是要二十一歲才能買酒！不出示二十一歲以上的身分證是不可能買到酒的。

「放心吧！會有的。」艾爾揮揮手，他對麗翁今天的表現很滿意，「妳還想要什麼？」

「可以的話，多來幾個帥哥吧！」

「吼吼吼，這個一定會有的。」說完他牽著小白走了。

沒多久，小白的手機響了，她拿出來，看到一條短信，「**妳真的不考慮絨毛手銬嗎？我還有一把羽毛鞭子也很讚耶！**」

「怎麼了？」

「沒、沒什麼。」耳朵莫名有點發熱的小白不敢看艾爾。

接下來的幾天，艾爾的日子是踩著雲彩過的。小白對他的態度再次有了顯著而微妙的不同。這種不同讓他覺得，她在自己身邊圍築的那道隱形圍牆，隨時可能會崩塌。

具體說來，這種不同是這麼表現的：

在他每天早上淋浴完裹著毛巾跑去廚房的時候，她不再會皺眉怒斥「變態！」；一起看地球電視節目時她不再會故意坐得離他很遠，而是大多數時候坐在他旁邊；還有，他偶爾趴在桌上打盹，她不會再在他的臉上畫鬍子。

她在他醒來那一刻慌亂起來，正襟危坐。

她臉上那種很渴望又不敢真的放手去做自己想要做的事的表情，艾爾很熟悉。他也這樣貪婪又膽怯的盯著小白看過。

他不敢伸出手是因為擔心小白會生氣，可是……小白為什麼不敢呢？他都說他願意了。

所以，在小白又一次用鉛筆尖挑他頭髮的時候，他突然「醒來」，抓住她的手放在自己腦袋上亂蹭，「唉，妳想摸就摸吧！」

不料，這討好的舉動卻遭到小白惱羞成怒的反抗。

她掙開手，筆記型電腦都沒拿就怒氣沖沖的走出去，砰砰砰走上樓梯之後又跑回來。

在一個「你愛我嗎？」、「愛！」、「那我們嘿咻吧！」的星球長大的ET，完全不理解矜持的地球少女心，他嘻嘻笑著等小白走近，看她皺著眉一件件收起攤在餐桌上的東西，伺機拉住她的手，「妳剛才明明就是想……」

「我才沒有想那種事情！」小白傲嬌成怒了，「你才在想呢！」

「那種事情？」艾爾愣一下，臉紅了，「妳、妳、妳說的那種事情是什麼事情啊？」他害羞的笑，「我隨時都可以哦！妳要對我做什麼都行！」

「變態！放開我！」小白傲嬌成怒Max！她對著艾爾擱在餐桌下面的長腿踢了一腳，立刻「啊～」的痛叫一聲哭了。

頂級的賽德維金戰士鋼筋鐵骨能力超強，所以……勇士小白穿著絨毛拖鞋踢在鋼板上，疼哭了。

艾爾這下慌了，他趕快站起來安慰道，「別哭別哭！沒事的，沒骨折。」

混蛋！真的很疼啊！小白疼得抱著腳單腳跳。跳了幾下她發現自己這樣子很滑稽，於是又笑了兩聲，可立刻又覺得太丟人了，竟然在艾爾面前這樣子……總之，她又疼又尷尬又覺得好笑，百感交集，連哭帶叫，絕對的歇斯底里狀態。

面對這種混亂，艾爾反而冷靜下來了，他一手攬住她的肩往往懷裡一帶，一手穿在她膝窩下面，一點不費力就像小孩子抱洋娃娃一樣把她抱起來，柔聲說，「沒事，沒事！」

小白突然失去平衡，她本能的雙臂伸開抱住他的脖子，趴在他胸前，又哭了兩聲發現艾爾正抱著她往他在樓梯下面的房間走，大驚失色，「你你你你要幹什麼？」

艾爾一臉正氣的回答，「我有藥膏，塗了就不疼了。」

他拉開門，抱著她走進去，把她放在床上之後蹲在一邊問道，「喂，妳剛才怕什麼？」

啊啊啊那種有點惡劣的笑容又出現了！

艾爾眼睛亮晶晶的，他笑盈盈的在她耳邊低語，「難道，妳怕我對妳……嗯？」

他的呼吸擦著她的耳朵，小白覺得渾身的血都沖上腦門了，她又羞又窘的大叫，「我真的要生氣了！」

「好了好了！別生氣。」艾爾知道不能再逗她了，他按一下床頭的牆壁，一個裝滿瓶瓶罐罐的盒子從牆裡彈出來，他隨手拿了一瓶，把小白的絨毛拖鞋和襪子脫下來。

ＥＴ的藥膏果然很管用，幾秒鐘之後疼痛漸漸消失，本來紅腫的腳趾清清涼涼的很是舒服。

小白擦擦臉上的淚痕，說，「不痛了，謝謝你。」

「妳還生氣嗎？」艾爾坐到她旁邊。

小白不出聲。

「那妳告訴我妳為什麼生氣。」

她還是不出聲。

「妳不說我不知道啊！」艾爾拉著她的手晃幾下，又笑咪咪的把她的手貼在臉上，「賽德維金和地球無論是自然環境還是人文環境都很不同，我已經努力在適應在學習了。可是我來地球的時間並不長，有很多不成文但大家都會遵守的常識，我根本不知道；就算知道了，我也不能一下子就理解。妳明白了嗎？」

小白點點頭。

「那妳告訴我……」他眼眸的眼神忽然加深了，聲音也變得低沉，「妳剛才為什麼生氣？」

小白早就不敢和他直視，她剛哭過，頭髮因為剛才的掙扎變得蓬鬆，有幾綹垂在臉側，濕漉漉的長睫毛半垂著遮住眸子，鼻尖還有點發紅。她的心跳正在加速，和他一樣。

「哎呀——怎麼這麼可愛！」艾爾張開雙臂抱住小白，然後……他像小孩子抱玩具熊時那樣把臉頰貼在她臉頰上蹭了蹭。

「你在幹什麼啊！」小白哭笑不得的推開他，「你當我是玩具熊嗎？走開！」她轉動身子和艾爾拉開距離，「我要……咦？」

她愣了一下。床頭櫃上有兩隻玩具熊，一隻是她送給他的，另一隻大概就是他自己偷偷買的那隻，那兩隻熊正以非常不傳統的姿勢趴在一起。

「你！」

「咳咳，」艾爾乾笑了兩聲，「這、這是巧合，我從來都沒有故意把它們放成那個樣子！」

小白看看那兩隻以害羞姿勢趴著的熊，從床上跳起來，「變態！唉唷。」

「妳的腳還疼嗎？我抱妳吧！」艾爾跟著站起來，沒等小白能反對就一把把她抱起來，「妳想去哪裡？我們繼續回廚房做作業？還是……」他又露出那種惡劣的笑容了，「妳想讓我跟妳去妳的房間……」

「放我下來！我能走！」我才不想被變態抱！

「可是我很喜歡這樣啊！」變態大聲宣布。

「不知羞恥！放我下來！」

「嘻嘻嘻，我現在明白為什麼少女漫畫裡愛畫這個了，」艾爾完全忽視小白的反抗，他抱著她在自己房間裡轉了個圈才去開門，「因為這樣感覺好棒！」他說完低下頭問道，「妳能像剛才那樣摟著我的脖子嗎？」

（嗶——）小白在心裡罵髒話了。

被變態ＥＴ抱著樓上樓下走了一遍之後，他們終於又坐在餐桌旁做作業。

買菜歸來的蘭尼一進門，艾爾就一下把小白從椅子上抱起來跑到門口炫耀，被小白用鉛筆連續敲腦袋。藉「妳的腳一定還疼吧」這個理由，整個下午，只要小白有要站起來的意思，艾爾就立刻讓她失去平衡，他發現這時她就會出於本能緊緊抱著他，嗯，這種被需要被依賴的感覺簡直太棒了！

這種惡行只能用變態來形容。到了後來小白真的怒了，斥道，「不許再抱！」

「噢。」艾爾失望的趴在桌上，然後又爬起來問道，「妳去哪裡？要我幫忙嗎？」

「去廁所！不許跟過來！」她一瘸一拐的走上樓。半天都沒有下來。

蘭尼從看到艾爾開始耍笨那一刻就知道結果肯定是這樣。

哪有人會蠢成這樣的！都到了一低頭就可以親吻的程度了，為什麼要抱著給別人看啊！你沒看到小白羞得眼淚都要出來了嗎？

這種時候怎麼會想要炫耀呢？應該再接再厲趕快去下一個里程碑啊笨蛋！

艾爾給他一罵腦子清醒了，他滿臉羞愧的跑到樓上，敲敲小白的房門，「我能進去嗎？」

小白哼了一聲沒理他。

艾爾把門打開個小縫，看到小白背對著門躺在床上，翻著一本期刊。

「對不起。」

「哼。知道你哪裡做錯了再道歉吧。」小白對ＥＴ的大腦迴路不抱希望。

果然，ＥＴ說，「我應該在蘭尼不在家的時候……」

「你想趁他不在家的時候幹什麼？」小白翻過身看著他。

「嗯……我想——」艾爾跪坐在床邊，撐起身體，俯在她耳邊說了句話。

啪啪啪！小白拿著手裡的期刊拍在他臉上，「變態！你怎麼能一點也不害羞的說出這種話！」

艾爾按住她的手，抬起臉，鼻尖幾乎可以碰到她的鼻尖，眼睛盯著她的眼睛，「因為我喜歡妳啊。想要對喜歡的人做這種事不正常嗎？」

「你……」小白不知道怎麼回答。仔細想想艾爾的邏輯可以理解，可是──哎呀為什麼我會被他的思維傳染！她掙脫他的手坐起來捂住羞紅的臉。

艾爾在她身邊坐下，腦袋歪在她肩膀上，小狗一樣蹭蹭拱拱小白的脖子，有點哀怨的在她耳邊問，「難道妳不喜歡我？」

小白垂下頭不出聲。

「呵呵，妳肯定是喜歡我的。」他把她攬在懷裡，下巴擱在她頸窩，臉頰貼著她仍然燒燒的臉頰，「我知道。妳和我牽手的時候，妳不說話只是看著我的時候，妳被我抱著的時候……妳的心會跳得很快。所以，別不承認了，妳就是喜歡我！」

「賽德維金人的聽力真是好得令人不悅。」她瞥艾爾一眼，笑了。

說完她立刻後悔了。

因為艾爾聽到這話的下一秒把她撲倒了。

第３４章

我好像喜歡上一個人

「喂——」被艾爾迅速有效撲倒的小白又羞又急，「我沒承認！你那些少女漫畫裡是這麼畫的嗎？」

艾爾雙臂撐在床上支起上半身，回答道，「它們通常都沒畫到這裡，接下來的事情大概只有另一種漫畫裡有。」

要被他氣死了！

「總之……你先起來。」小白想了想，還是不指望他能理解千迴百轉的少女心了，「我知道你很想，說實話，我偶爾也會想親近你，但是——」她坐起來，抓住艾爾的雙肩和他對視，「我、我……我還有一些事情沒想好。」說到這裡她低下頭，沉默幾秒鐘才又開口，「我需要時間。」

「那我願意等。等多久都沒關係。」他笑了。

小白也笑了，她第一次在沒有失去平衡的情況下，摟住艾爾的脖子，把頭靠在他胸前。這個時候，不僅他可以聽到她的心跳，她也可以聽到他的。

兩人和解之後一起下樓吃晚飯。

當蘭尼看到這一次小白被抱著的時候不是害羞得想哭，而是害羞的微笑時，覺得自己終於看到曙光了！回母星有望了！

深夜，博瑞巡視他們這一區回來之後，蘭尼向他通報了這個好消息。

他可沒有那麼樂觀。

「地球女性十分狡猾，而且，就算他們真的完成了聯結的儀式，那又能說明什麼呢？他們可不像我們，一旦配偶儀式完成，就願意廝守一生。」

蘭尼被打擊得不輕，但是他很快振作起來，「小白的文化背景你瞭解嗎？她來自於一個女性對配偶的忠貞是種傳統的國家。」

「如果小白真的把艾爾放在『她認定的伴侶』的位置，那麼按照他們的傳統，她不是應該把他介紹給她的家人嗎？可暫時好像看不出來她有這方面的計畫。」

蘭尼點點頭，終於也感染了博瑞的悲觀情緒，「也對。看來殿下還有很長一段路要走。」

不過……

在艾爾看來，小白已經是他的配偶了！他喜歡她，而她也承認喜歡他，那麼，完成儀式只是時間的問題。

所以，那天晚上，在得到小白其實並不算是明確的認同之後，他得意的發送加密光波通訊給他的哥哥：

「修澤，我戀愛啦！嘻嘻，羨慕我吧！祝你也趕快遇到你喜歡的女孩子。艾爾。」

小白也寫Email給媽媽，寫了又刪，刪了又寫。最後只寫了一句話：

「媽媽，我好像喜歡上一個人。小白。」

☾ ☾ ☾

小白的這封Email立刻得到媽媽的重視，她回覆滿滿一大篇，不僅列出一堆事項，還附了一堆網站連結。

小白看完Email之後，覺得媽媽的千言萬語可以被總結成一句話——別讓我太早當外婆。

關於這個問題……一想起來就渾身不舒服啊。

雖然那個時候……咳，就是第一次和艾爾見面的時候啦，嗯，他的……看起來是和地球人沒什麼區別，但誰知道是不是有什麼隱藏功能呢？

不過，她想起來，其實他們連一壘都還沒上呢，現在就想本壘什麼的太早了。

太天真了。

小白很快發現，艾爾雖然還是和她停留在抱抱的階段，但是愈抱花樣愈多了。最初只是在看電視的時候摟著肩膀，播了個廣告之後就演變成抱起來放在腿上了。抱了一會兒他變成三條腿了。

「你！變態！」她從他身上跳下來。

在她的怒視中，艾爾露出了蘭尼領教過無數次的無恥王子樣，他無辜而溫和的微笑著，妖氣凜然，「請稱呼它蓬勃的朝氣！」

小白被氣笑了，一笑就沒有說服力或者嚴肅性了，她指著他的鼻子，「你怎麼能這麼無恥呢？」

艾爾繼續笑著，握著她的手腕輕輕一拉就把她拉進懷裡，「妳有意見嗎？」

「放開！坐好！不然我走了！」

「嗯嗯。」他端正的坐好，就像疲倦或是在撒嬌的小孩那樣把腦袋歪在她肩膀上。

過了沒多久，他摸摸她的小耳朵，讚美道，「妳耳朵真漂亮。」

「嗯？啊——」

小白愣神的時候，艾爾已經輕輕在她耳垂上舔了一下，然後在她驚叫時迅速後退，一臉無辜，「怎麼了？會疼？」

小白捂著一瞬間發燒發燙的耳朵，都結巴了，「不、不、不、不疼！」

「那妳叫那麼大聲幹什麼？」艾爾瞇起眼睛笑，「妳怎麼突然坐得那麼遠了，過來嘛！」

「不、不、不要。」

「妳怎麼結巴了？」

「沒、沒、沒有。」

「哈哈～」

滿臉通紅毫無還手之力的小白只好祭起法寶，「你再這樣我要生氣了。」

艾爾立刻恢復皇室成員應有的儀態，端莊高貴，冰雪之姿。

這天夜裡，小白不斷做夢。

夢裡，她和艾爾並排坐在教室裡，系主任背對著他們不知在黑板上寫些什麼。

艾爾突然湊近，舔了她一下，在她驚叫的時候，把她整個腦袋吞進嘴巴裡。

媽呀！小白嚇醒了。她的心還怦怦亂跳。

「小白——妳沒事吧？妳做噩夢了？」艾爾已經跑到她門外關心的問道。

她打開門，抬頭看著他，「艾爾……」

「嗯？」

「你不會把我的頭吞下去吧？」

「啊？」

做這種夢，是因為我心裡其實還在猶豫在害怕。

我是在怕他的強大。我怕他會嫌我弱小。我該怎麼辦？我要怎麼才能說服自己，他和我是平等的？我要怎麼去證明？

可惡。《七龍珠》根本就沒畫布瑪和外星王子達爾是怎麼相戀的，直接跳到特南克斯出生了。

唉，如果真的畫出來，那《七龍珠》就是少女漫畫了。

一個講述地球少女為了找到心目中的王子歷盡艱辛終於收集到七顆龍珠，然後神龍發了一個王子給她的故事。

她想到這兒，噗一聲笑出來，慢慢睡著了。

十二月三十一日。

傍晚七點半，麗翁同學帶著裝滿 Party 音樂的 iPod，在艾爾弗蘭德1號小山下的披薩店等著。沒多久，她遇到了同樣被約在那裡的李川同學。

盯著充滿東方魅力的清秀美少年（其實人家比她年紀大）幾秒鐘，麗翁很快與他攀談起來，兩人寒暄了一會兒，馬可也來了。

是的，艾爾還邀請了馬可，他想把馬可介紹給李川（口語陪練），這樣他和馬可之間的競爭就是完全平等的。

此等奇葩思維是我大地球人民難以理解的。

總之，三個人在一起聊了幾句，遇到更多來參加聚會的人。

從馬可、李川的視角來看，他們都是男人。

從麗翁同學的視角來看，他們分別是：帶點冷酷氣質的棕髮帥哥、神情有點憂鬱的黑髮帥哥、以及金髮藍眼充滿禁欲氣質的帥哥。

艾爾主人太棒了！果然沒有騙我！已經五個了！

人到齊之後，很快又進來一個身材修長的紅髮帥哥（依舊是麗翁視角），他笑嘻嘻的介紹自己是艾爾和小白的室友，叫蘭尼。看起來他和那三個帥哥早就認識了。

太幸福了~六個了！麗翁抑制住自己要流淚的感動，她這輩子還是第一次身處於這麼多漂亮男人中間。

蘭尼把大家帶進「謎樣樹林」。麗翁心想，這其實就是很普通的樹林嘛。當然了，今晚艾爾弗蘭德1號的所有防衛設置都變成手動操作的了。

第３５章

戀愛的煙火與失戀的煙火

馬可從麗翁那裡知道小白艾爾和她一起去市中心逛街看電影的事，不過，他當時只把這當成又一次「艾爾跟著小白到處亂走」。

但當他在艾爾弗蘭德1號再次見到小白時，他才發現，有什麼非常不一樣。

糟糕，出大事了。

儘管小白對他的態度和平時沒什麼兩樣，可是大家在零點之前一起爬上房頂等煙火時，馬可心中大禍臨頭的感覺終於應驗。

他看到小白和艾爾並肩站著，小白對著自己的手呵氣取暖，艾爾便握住她的手放進自己的口袋。

橙紅色的煙火升上深邃的夜空，轟然綻放，搖曳散落，幾秒鐘後夜空歸為沉寂，只餘幾縷淡紫色的輕煙。

馬可轉過身走向屋頂邊緣，坐在冰冷的地上，把手裡的啤酒擱在一邊。

後退幾步拿著手機拍煙火的李川看到他，問道，「咦？兄弟你怎麼了？」

馬可沒抬頭，字正腔圓的用中文回答，「兄弟我失戀了。」

煙火再次在巨響中升空，像流星般拖著長長的尾巴四散，美得驚心動魄，短暫而輝煌。

艾爾沒有和其他人一樣抬頭注目，他側首看著紫紅色和金色的花火映在小白黑色的眸子裡。在接連不斷的轟鳴中，他的心中也有一陣陣巨響，震顫發抖，他在另一朵豔麗的花火在她眼中盛開時垂首，輕輕吻在她眼上。

這個吻一觸即走，幾乎可以說是偷的。

不過，小白並沒有閃躲掙脫。她微微仰首，放在他口袋裡的手緊緊握著他的手，小聲說，「新年快樂。艾爾。」

「嗯。新年快樂。」

此後，失戀的馬可同學打算把心淹死在酒精中，最後躺在客廳的壁爐旁邊睡著了。

李川和幾個賽德維金戰士倒是聊得很投機，尤其是和蘭尼，他們倆對二次元美少女有無盡的愛。

麗翁同學和小白坐在樓梯上，評價今晚的男賓，「好多金髮男，菲烈，博瑞，馬可，艾爾，一共四個。每一個都好美。」

「嗯。」是的，他們都是金髮碧眼的美人，可是我眼裡只能看到一個。

酒酣耳熱，曲終人散，麗翁和小白一起就寢。

她打開自己的包包拿出睡衣，把一堆洗漱用具和化妝品堆在小白的書桌上。

「妳不是來住一晚嗎？我還以為妳要來開店。」小白指著那一大推東西說道。

「唉，我可不像妳，皮膚那麼好，白白嫩嫩。」麗翁用卸妝棉擦掉臉上的妝容，「喂，妳和他這幾天怎麼樣了？」

「沒怎麼樣。」小白已經鑽進被子了。

「嘿嘿，我才不信呢。」麗翁跑去刷牙，過了一會兒她跑出來，又坐下往臉上一層一層的搽保養品，「艾爾那種樣子，說得好聽呢，叫富有侵略性，說得不好聽呢……」她拋個媚眼給小白，「就是處男的飢渴。」

沒有得到回應，麗翁鑽進蘭尼為她準備的被子，隔著被窩捅捅小白，「妳感覺不到嗎？艾爾是個一邊走路一邊噴灑雄性費洛蒙叫囂著等妳去開啟的 Sex Machine 啊！」

「麗翁……」

「嗯？」

「妳為什麼不去學文學呢？學生物真是太埋沒妳的文采了。」

「呵呵，是啊，另一個莎士比亞就這麼被斷送了。」麗翁欣然接受小白的讚美，她翻個身，忽然想起來什麼似的低叫一聲，「啊啊啊，我想到了！喂——」她壓低聲音，「妳該不會……也還沒有經驗吧？」

「嗯。我沒有。事實上我連初吻都還沒送出去。」小白老實的回答，「我不是跟妳說過嗎？我上的高中……」

「跟監獄沒分別。」麗翁又翻身，「可是我沒想到會糟糕到這種程度。那妳打算怎麼辦？」

「唉，順其自然吧。」

「也好。不過，要是想要問我什麼妳可以問啊，不用覺得尷尬的。」

「嗯。睡吧。」小白關掉床頭燈。

問麗翁會有幫助嗎？也許我應該借點賽德維金星的書籍？或者少女漫畫？咳，他們那個女孩子會為爭奪心儀的對象毆打情敵的星球，真的有少女漫畫畫這種東西嗎？

她笑一下閉上眼睛。

新年過完，開學了。

艾爾和麗翁的分組論文拿了很高的分數，只比小白那篇稍低一點。

麗翁很滿足，可艾爾不高興。

小白安慰他說這是因為霍斯老頭更傾向於她所闡述的觀點。

艾爾皺眉嘟嘴撒嬌，「那妳給我一點實際的安慰嘛～」

「哦？比如？」

「可以讓我趴在妳的胸前嗎？」

「走開！變態！」

是的，自從抱抱花樣翻新之後，艾爾開始敢於對小白說出他的某些真實想法了。當然，他這些提議幾乎無一例外的遭到了拒絕。

新年零點那個偷來的吻之後，艾爾並沒有像蘭尼期待的那樣快速到達下一個里程碑，他和小白之間的親吻還停留在碰碰額頭鼻尖的程度。

不僅是因為小白會如臨大敵的閃躲，也因為艾爾在進行著一項策劃，一個驚喜。

那個驚喜，就是摩天輪。

自從小白精神恍惚的說「摩天輪很好」，艾爾與麗翁商量之後決定，他和她的第一個吻應該發生在一個浪漫的地方，一個從雙人車廂可以看到美麗風景、可以聽到帶點懷舊色彩的純美音樂的摩天輪裡。

經過仔細篩選，他選定一個城郊四十英里處公園裡的廢棄遊樂場，那裡的摩天輪幾乎符合全部條件，除了一點——它已經幾年沒開動了。

沒關係，錢是最好的潤滑劑，這件事交給菲烈辦。總之先買下那個公園再說。

麗翁聽了艾爾的計畫十分讚賞，她感動得都要哭了，「這一定會是任何女孩子能得到的最棒的初吻。」

蘭尼可不這麼想。在蘭尼看來，接吻不僅是戀愛中的一個重要里程碑，而且是對雙方基因配適度的實際測量。

通過接吻交換雙方的ＤＮＡ，然後大腦就會決定該不該繼續追求這個人。換言之，就是判斷兩人是否會產下更具生存優勢的後代。

若雙方的基因十分相配，真正的親吻發生之後，這對情侶的關係通常會迅速熱化，用不了多久就會開始試著繁殖下一代了。

所以，他認為與其花費時間精力資源去做一個漂亮的布景，不如實際一點每天提高好感度。

當然，像往常一樣，艾爾禮貌的忽略了他的意見。

小白對於艾爾祕密籌劃的摩天輪驚喜一無所知，她在新年之後收到一封Email，她的一篇論文被那本生物學界最有影響力的期刊選中了，她被邀請出席期刊在瑞典大學舉辦的學術研討會。當然不是邀請她去演講，只是列席，但一個籍籍無名的三年級學生能被這種論壇邀請已經是一項殊榮。

正式回覆接受邀請之後，小白去找了地中海教授，問他系裡可不可以為她付機票和旅館的錢。教授叫她去找系祕書蘿絲。蘿絲阿姨很為難。經費是有，可是有嚴格的標準，只是列席的話，不管去的論壇再權威，也不會出一毛錢。因為這對擴大學校知名度、學者知名度、尋找更多研究資金都毫無益處。

「下次妳發表的時候記得加上一些有名氣的教授名字，把自己的名字放在後面，也許就不只是邀請妳去列席了。」

小白心說，那會被邀請的也只有教授們，我只能跟在教授旁邊提包包。

看到小白非常失望，蘿絲阿姨又幫她想辦法，「蘇，如果妳真的想去，先自費，然後我會試試看能不能在季末經費有餘額的時候報上去，也許可以拿回一部分。」

「我會想辦法的。」小白向祕書阿姨道謝後離開。

來回機票加上住宿費，又是她好幾個月的房租。在皇家郵政打工的薪水只夠買機票。要是把她買的蠟燭禮盒退掉，下個月的房租就有了。伙食費，房租，手機費，還要準備一筆以防萬一急用的錢……唉唉唉。

有句古話叫飽暖思淫欲，說得很有道理。沒有堅實的經濟基礎，誰有心思談戀愛啊。所以，小白和艾爾的經濟狀況不同，決定了他們對事情重要程度的排序是非常不一樣的。

第３６章

愛情與麵包

那天開始，小白開始留心閱覽室的布告欄上有沒有新的打工廣告。

可惜，一直沒有。

但是那裡總有人貼一張紙條：你需要幫助嗎？功課很多嗎？教授又很挑剔？時間又很緊迫？沒關係，我可以給你恰到好處的幫助。每次五百英鎊。

一次五百英鎊？這是什麼廣告？小白把紙條撕下來拿回圖書館。

「妳永遠也不需要這種說明的。」麗翁看了一眼就笑了，「這是槍手廣告。幫人寫作業寫論文。這個人我知道。他『幫』過我。」

「啊？」小白向四周看了看，壓低聲音，「妳給他五百英鎊寫一篇作業？五百英鎊？」

「怎麼？妳動心了？被抓住的話會被踢出學校的，死心吧！」麗翁四下張望一下，「我讓他寫了一篇化學報告。我猜這不是一個人，因為我經濟學院的朋友也買過他的服務，還有人文學院、法律系的畢業論文。」

她的八卦專用神祕語氣模式打開了，「這人不僅全能，而且所有交易都線上上完成，事後所有網路資料全部湮滅，無影無蹤，比駭客還駭客，比職業殺手還職業。妳想跟人家搶生意？小心被滅口！」

「就算想搶生意現在也來不及啊。」小白把紙條揉成一團扔掉，「我急著用錢。」

如果不計較薪水高低的話，兼職的機會遍地都是。比如，山腳下那間蘭尼喜歡的披薩店就要徵人。

小白拿著披薩回家，向艾爾、蘭尼宣布她從這個週末開始要在披薩店打工了。因為週日的時薪是雙倍的。

「上次也是這樣，也沒有商量一下就決定了。」艾爾不悅的皺眉問道，「為什麼？又是因為需要錢嗎？妳不覺得有很多事情比錢重要嗎？」他把咬了一口的披薩扔回紙盒，走出廚房。

小白看著他的背影消失在樓梯下的門後，轉轉眼珠努力不讓眼淚掉出來。

她鼻子酸酸的，仰起頭慢慢呼吸幾下走回自己的房間。

這點錢在過去對她來說根本不算什麼。她也是最近才開始學著獨立。

蘭尼說艾爾從軍校畢業時，畢業旅行期間當僱傭兵賺的錢就是天文數字。可她沒有那麼厲害，目前只能做這種一小時六英鎊的體力工作。

小白愈想愈難過，她抱著筆記型電腦鑽進衣櫥裡寫Email給媽媽。

寫了幾個字她終於還是哭了，然後，她合上電腦，在黑暗裡靜靜坐著，隨手抓一件垂在臉旁邊的衣服擦擦眼淚鼻涕，然後鼻子碰到衣服口袋裡的一個小圓球。

它是一個小爆米花機器人。小傢伙「嘰咕」一聲，圓球身體上出現兩個小光點和一條弧線，看起來就像是眼睛和嘴巴，它滾動一下，伸出火柴棍似的四肢，在她掌心站起來，「看」著她。

「你是躲在這裡偷懶嗎？」這種小機器人不僅有智慧，還有情緒和個性，但她眼前這個顯然比它別的同類狡猾得多，居然懂得偷懶。

沒想到小機器人十分激動的搖頭，小圓臉上代表嘴巴的弧線也垂下來了，似乎是在否認。它嘰咕嘰咕了幾聲，抬起小手臂放在自己臉上，又放下來，看著小白。

「……」這是什麼意思啊？

小機器人看出小白不明白它的意思，它又做了一次，這次，它的小圓點眼睛變成兩個英文字母TT，小手放上去，眼睛重新變成--。

它反覆這樣做了幾次，小白終於明白了。

「你要我別哭了？」

它猛點頭。

她用拳頭抹抹眼淚，把小機器人放回衣服口袋，「我不哭了。」可是她說著，眼淚又悄無聲息的流下來。

有時候我覺得自己和艾爾是兩個世界的人。

啊……其實我們就是從兩個不同世界來的人。

蘭尼被這兩個人扔在廚房，食不知味。唉，先去找艾爾吧。

「喂，你怎麼那樣啊？」蘭尼推開門，無奈的看看抱著玩具熊在床上蜷成一團的艾爾，「小白她……」

「這裡！」艾爾不等他說完，指著自己的胸口說，「這裡的距離，還是和原來一樣。」

蘭尼不知該說什麼。

「她做什麼決定之前，從來沒有想過……她對未來的計畫裡還是沒有我。」艾爾小聲喃喃。

蘭尼真想對蜷成胎兒狀的傢伙喊「其實你也沒好到哪去」，不過，這個時候再打擊他似乎不人道，於是他坐在一邊，說了盧斯那時鼓勵他的那段話。

「你還記得沃夫老師嗎？他說過，最強大的戰士是在絕境中微笑的人。你現在離絕境還遠著呢。」

艾爾不吭聲。

晚些時候，兩人各自帶著點對對方的歉意和解了。

但是，誰也沒有真的意識到他們的問題在哪裡。

表面上小白和艾爾的關係和原先比似乎還要更密切一點，週末晚上披薩店下班後艾爾會來接她，然後兩人手牽手走回家。可實際上，艾爾覺得這類似戰爭中的膠著狀態。

如果可以有一個突破口，或許就可以從此扭轉戰局？

那個突破口很快來了。

在耶誕和新年之後，又一個被極度商業化的節日來臨了——情人節。

在這之前，生物系主修分子生物學的學生們先經歷了一場痛苦的考試，就是變態教授霍斯的那門課。按照他自己的說法，考試並不難，全是選擇題，成績占學年總成績百分之二十五。

「變態！這老頭是變態！」麗翁拿到自己的成績單時握拳怒吼。

小白湊過去看一眼說道，「妳全是猜的，能拿到這個分數很好了。」

「哼！妳竟然只錯了一題！」麗翁瞥瞥小白的成績單，又瞥瞥艾爾的，一臉驚詫，「咦？你比她還多四分？」

「什麼？不可能！」小白衝過去抓住艾爾的成績單驚訝不已，「……你滿分？」

「看來的確是這樣。」艾爾笑得眼睛彎成兩個月牙，「怎麼樣？是不是很崇拜我？」

「……你這個ＥＴ。」她臉上沒有崇拜的神情，而是一種受到沉重打擊時才有的表情。由她一統江湖的時代已經悄悄崩潰，而她卻懵然不知。

小白盯著艾爾，退後幾步，迅速轉身走開。

麗翁有點不安，她站在原地，不知該不該叫住追過去的艾爾。

笨蛋王子的腿比小白長得多，一下就追上了她，「喂——小白！」

「幹什麼？」小白不看他，目視前方走得很快。

「這個週末別去打工了，我們去約會吧！我帶妳去一個公園，有摩天輪！摩天輪啊！」

「不行。」

「那下個週末呢？」

「也不行。」

「那情人節當天呢？我們去有摩天輪的公園好不好？」

「那天我不在。十三號我要飛去瑞典，我的論文被《生物》雜誌選中了，他們邀請我去斯德哥爾摩列席論壇，我要在那裡住兩天。我已經請好假了。」

「妳說什麼？」艾爾猛然站住，抓住她的手，「請妳再說一遍。」

小白抬起頭，下唇抿緊，「你聽到了。」

艾爾的兩道劍眉緊蹙，「妳也聽到我的話了。」

她緩緩呼出一口氣，揚起下巴毫無畏懼的和他對視。

「我對摩天輪、公園、情人節一概沒興趣。我不像你，可以憑精神力還是光能源什麼的指揮上億士兵，我沒你聰明沒你強大。我從小到大只能做好只有一件事，那就是考試。現在考試都沒你厲害，你還想怎麼樣？」

她看到他的瞳孔猛然收縮，眸子的顏色由淺淺的碧綠變成幽暗的墨綠，他執拗的樣子讓她覺得自己身體不知什麼地方被極鋒利的小針刺了一下，可是，她繼續說下去。

「跟你一起走路，我都要非常非常努力的跟上你，每次都會累得連話都說不出來。你好像從來都沒發現你走得比我快多了……現在，又想讓我按照你的喜好安排自己的時間……」

她平靜而堅決的掙開他的手，「請你長大吧，艾爾，因為我自己也是個小孩子！」

第３７章

心湖的噴火龍

艾爾呆呆看著小白的背影。

她走得並不比之前快，可是他卻沒力氣追上去，覺得有什麼東西噎在胸口，既呼不出去又不會消散。

原來，我在她心裡是這樣的嗎？

和馬可比拚廚藝也好，拚命惡補地球生物專業知識也好，絞盡腦汁寫論文也好，考第一也好，找摩天輪也好，這都是為了什麼啊！

艾爾殿下沉到谷底的心騎著條噴火龍吼吼吼從谷底衝上來。巨龍長滿獠牙的大嘴張開，噴出的火焰把他竭力維持的皇室形象燒成一股黑煙。

反正這個星球也沒多少人認識他！

艾爾把他的 Mulberry 郵差包從肩上拉下來摔在地上，他毫不在意路人投來的目光，單腳跺著地大喊，「妳知道我為了考第一花了多少精力嗎？我好幾天都沒睡好了！難道妳會喜歡一個不如妳的男人嗎？妳以為我對那些東西真的很感興趣？我才不在乎細胞之間是不是真的通過生物電進行交流呢！

「妳走不了那麼快為什麼不告訴我！我可以走得更慢的！

「是！我不成熟！我幼稚！可是妳呢？妳自己都說了妳也是小孩子啦！

「妳……嗯？」

他僵在原地，嘴唇還微微張著，看到小白去而復返，站在他身側的小巷子裡。

他心中那條噴火龍也呆住了，憋在嘴裡沒及時噴出的火焰變成兩股黑煙從鼻孔冒出來，顏面盡失的牠捂住雙眼，在空中華麗轉身，長嘯一聲拖著長滿倒棘的長尾俯衝回心底。

小白走過來，把艾爾扔在地上的包包和掉出來的東西撿起來，一樣樣放回包包裡。

他們就這樣相對站著，沉默了很久。

終於，她一點點抬起頭，黑眸上有氤氳霧氣，「我……」

沒有等她說出第二個字，艾爾已經抓著她的雙肩把她擁進懷裡，他的下巴壓在她的頭頂，她的鼻尖貼在他的胸前，也許是他太用力，她的鼻子被撞得一酸，然後眼淚就流出來了。

她把臉貼在他胸口好一會兒，才仰起臉，聲音顫抖著。

「對不起。我說那些話，是因為我嫉妒你……你什麼都比我好，就連考試也是。我要很努力才能得到的成績，你根本不用怎麼費力……一下子就能超越我，所以我、我嫉妒了。」

艾爾用手指擦掉她眼角的淚，小白繼續說。

「我剛才沒走遠，我走到轉角那裡就轉回來了，可是我又不好意思叫你……你剛才喊的那些我都聽到了。」

「嗯……」艾爾又替她抹抹眼淚，想了想好像真的找不到有什麼是她能做到而他做不到的，「沒錯，妳是走得很慢又不會做飯，連水煮蛋都煮得特別難吃……」

聽到水煮蛋，小白傷心的抽噎一下。艾爾趕快轉折，「可是，妳也有我比不上的地方啊。」

「比如呢？」

「比如妳對基因工程還有細胞學的興趣，我比不上妳。妳能夠一直都是第一名，不是因為妳從小到大只會考試，而是因為妳對這門學科有真正的興趣，所以妳的論文能被權威學術期刊選中，妳會被邀請去參加論壇……」

「不是參加，是列席。」

「好吧，不管怎麼樣都挺厲害的。雖然這次考試分數我比妳高，但這只會是暫時的，因為我對怎麼延長細胞的生命又不讓它們變成癌細胞一點都不關心，我學習的原因不是興趣，而是出於……非常功利的目的。」

「還有呢？」她揉揉發紅的鼻子，好像還沒完全被說服，「除了這個還有別的嗎？」

「還有……」艾爾拿手帕遞給她，努力想了想，「嗯，還有啊，比如說，我從來都不可能哭得像妳這麼可愛！」

「這算什麼優點啊！」她喊了一句，她還沒來得及擦的鼻子冒出一個令人無法直視的泡泡，窘得她又想大哭又想轉身跑走，她抓住艾爾的手帕按在鼻子上，慌亂之中手裡的包包又掉在地上。

「可我覺得很可愛啊！」艾爾用手帕替她擦擦鼻子，「而且也沒人能像妳流鼻涕都流得這麼可愛！反正我就不能！」

「噗～」小白破涕為笑，還是有點不好意思。

兩人牽著手走回家，艾爾猶豫了很久還是問，「妳能不能告訴我，為什麼妳要去打工呢？」

「因為我需要參加那個會議的機票還有住宿費……」

「不是這個。」他皺一下眉，終於還是決定把疑問說出來，「我知道妳銀行帳戶的存款餘額。就算妳畢業之後幾年都找不到工作也沒有問題。」

小白鬆開他的手，張大眼睛盯視了他幾秒鐘，眼圈忽然紅了，她嘴唇輕微的顫抖一下，似乎想要說什麼，可最終什麼都沒說。

她後退一步，像是想要站得遠一點把他看得更清楚，艾爾看到她臉上的神情，知道大事不妙。

「是從我搬進來的時候嗎？從那個時候我所有的狀況你們都清楚？所以上一次你就問我為什麼要去打工。不僅是測試智商，監控了健康狀況，還連這些都查了？」

這時她反而不想哭了，她看看艾爾，說不清自己此時是什麼心情。氣憤？失望？難過？羞恥？尷尬？

她垂下頭看著自己的腳尖，默默走開。

直到她的身影消失，艾爾還站在原地。他心裡那頭巨龍從湖底探出腦袋，悲鳴一聲又沉入水中。

高寶書版集團
gobooks.com.tw

輕世代 FW099
外星達令的戀愛課程01

作　　者　浴火小熊貓
繪　　者　絢日
編　　輯　謝夢慈
校　　對　江佳芳
美術編輯　陸聖欣
排　　版　彭立瑋
出　　版　英屬維京群島商高寶國際有限公司臺灣分公司
　　　　　Global Group Holdings, Ltd.
地　　址　臺北市內湖區洲子街88號3樓
網　　址　gobooks.com.tw
電　　話　(02) 27992788
電　　郵　readers@gobooks.com.tw（讀者服務部）
　　　　　pr@gobooks.com.tw（公關諮詢部）
傳　　真　出版部　(02) 27990909　行銷部 (02) 27993088
郵政劃撥　19394552
戶　　名　英屬維京群島商高寶國際有限公司臺灣分公司
發　　行　希代多媒體書版股份有限公司/Printed in Taiwan
初版日期　2014年9月

國家圖書館出版品預行編目(CIP)資料

外星達令的戀愛課程 / 浴火小熊貓著. --
初版.
-- 臺北市：高寶國際, 2014.09-
面；　公分. --

ISBN 978-986-361-046-5(第1冊：平裝)

857.7　　　103014573